Micha Theis

Der Unterricht

Micha Theis

Der Unterricht

Erzählung

Impressum

Bibliografische Information der Deutschen Nationalbibliothek: Die Deutsche Nationalbibliothek verzeichnet diese Publikation in der Deutschen Nationalbibliografie; detaillierte bibliografische Daten sind im Internet über http://dnb.dnb.de abrufbar.

© 2024 Micha Theis

Verlag: BoD · Books on Demand GmbH, In de Tarpen 42, 22848 Norderstedt
Druck: Libri Plureos GmbH, Friedensallee 273, 22763 Hamburg

ISBN: 978-3-7597-9686-8

1

Tübingen, 06. März 2020

„Ein Tiefdruckzentrum zieht im Tagesverlauf von West nach Ost über Deutschland hinweg und sorgt für wiederholte Niederschläge, die mitunter kräftiger und örtlich länger andauernd ausfallen können. Der Wind frischt phasenweise böig auf und kann über exponierte Lagen für stürmische Winde sorgen. Je nach Intensität der Schauer können bei Werten von plus drei bis plus acht Grad und örtlich bis plus zehn Grad Schnee-, Schneeregen-, oder Graupelschauer bis auf tiefere Lagen herab niedergehen. Die Schneefallgrenze schwankt zwischen sechshundert und achthundert Meter."

Ich denke, mit dem großen Schirm und festem Schuhwerk bin ich heute auf der sicheren Seite. Ich sag schon mal Tschüs, vor sieben bin ich heut Abend nicht zurück, könnt ruhig schon anfangen zu essen, sollte es bei mir später werden.

Ich brauche fünfunddreißig Minuten, zu Fuß zum Brechtbau, die meiste Zeit bergab. Den Kopf noch mal durchlüften, die Gedanken sammeln … Was ist Alltäglichkeit und warum ist das wichtig; warum ist das so wenig erforscht? Muss ich nachher als erstes mit Marcus besprechen, der Fokus muss auf dem Alltag liegen. Warum bin ich nicht früher draufgekommen? Vielleicht liegts an den Transkripten. Wenn man alles transkribiert, wirklich alles, auch die privaten, geflüsterten Sachen, kriegt man eine Vorstellung vom Alltag im Unterricht.

Die ersten Tropfen, wer sagts denn, Schirm auf und weiter. Unter der Stuttgarter Straße durch, Unterführung, das Studentenwohnheim liegt direkt an der Straße, die Zimmer liegen hintenraus, sollte kein Problem sein, vom Lärm her, möchte aber nicht mehr Student sein … Die kleine Brücke über den Bach, ganz schön angeschwollen … Das verlassene Haus da vorn, was haben die damit vor, abreißen? Oder wohnt da etwa noch jemand, vielleicht ganz alte Leute, nö, sieht verlassen aus … Über die Straße rüber, grad kommt keiner, zwanzig vor zwei, am Tennisplatz vorbei, die Ammer ist auch ganz schön angeschwollen, noch zwanzig Minuten, an der Mensa vorbei, da stinkts fürchterlich nach Öl und Fett, nicht viel los, Semesterferien, normal … um die Ecke zum Brechtbau. Möller, akademischer Rat, hat's eilig, will wohl zum Zug, wohnt in Augsburg.

- Grüß dich, auf dem Weg nach Hause?
- Ja, und du?
- Projektworkshop, heute und morgen.
- Ok! Dann viel Spaß noch. Tschüs, mach's gut und schöne Ferien.
- Wünsch ich dir auch.

Raum dreihundertsieben, Treppe oder Aufzug? Aufzug, jeder Schritt hält fit.

- Hallo Marcus, grüß dich.
- Grüß dich.
- Hallo Larissa, hallo Dario.

Ich setze mich auf die Fensterseite. Die Macht der Gewohnheit. Ich mache diesmal den Anfang und stelle den anderen meine Analyse der Französischstunde in einer zehnten Klasse vor.

Plastikbecher, Holzverbrauch, Flugverkehr & Co.

Was würde ein naiver Betrachter des Bildes sehen, ein Betrachter, der nicht weiß, dass es sich um den Französischunterricht einer zehnten Klasse im Computerraum handelt, der nicht weiß, dass diese Klasse gerade anfängt, Material für eine Präsentation zum Thema *L'écologie et moi*, die Ökologie und ich, zu recherchieren? Ein naiver Betrachter würde dazu etwa Folgendes sagen:

Das Bild zeigt eine helle nach hinten fliehende Tischreihe, vorn mittig eine schwarze Tastatur und darüber, leicht nach rechts versetzt, einen eingeschalteten schwarz gerandeten Bildschirm. Auf diesem wiederum sind etwas Text sowie zwei Bilder zu erkennen. Rechts neben diesem Bildschirm ist im Hintergrund ein weiteres, weißes elektronisches Gerät auf einem erhöhten Tisch zu sehen. Auf dem Tisch liegen rechts neben der Tastatur ein Buch, eine aufgeschlagene Mappe und ein Gegenstand aus schwerem Tuch. Vom linken unteren Bildrand weist ein unbedeckter Unterarm mit einem bedruckten weißen Armband zur Tastatur, die Hand ruht links neben der Tastatur auf einer Computermaus. Links neben der Hand liegt leicht nach hinten versetzt ein Weichplastikbehälter mit Reißverschluss. In der linken hinteren Bildhälfte sind mehrere sitzende Personen zu erkennen. Zwei davon schauen auf einen Bildschirm. Sie sitzen vor einem Fenster. Eine jugendliche Person sitzt neben bzw. hinter ihnen und schaut vor sich auf den Tisch. Zwei weitere, dunkel gekleidete Personen sitzen mittig und schauen vor sich. Einer stützt den Kopf auf seinen rechten Arm, die neben ihm sitzende Person neigt den Kopf in seine Richtung. Die Wand am hinteren Raum-Ende ist vermutlich holzverkleidet ebenso wie die obere Hälfte der rechten Wand, an der Zimmerdecke sind teilweise eingeschaltete Reihenleuchten zu erkennen. Die rechte Raumseite ist fensterlos, die linke weist große Fenster bis zur Decke auf. Zwei von drei Jalousien sind bis etwa zur Fenstermitte heruntergelassen.

Was der naive Betrachter nicht weiß: Das Bild ist seitenvertauscht und stammt aus einer Körperkamera, die die Lehrerin zu Forschungszwecken trägt. In der Analyse wird die Spiegelung des Bildes beibehalten. Was der naive Betrachter ebenfalls nicht weiß: Die Klasse hat den Auftrag, eine Internetrecherche zu einem selbstgewählten Thema zum Oberthema ‚Umwelt' durchzuführen und eine Präsentation vorzubereiten. Die Lehrerin hat ein Internet-

oder ein Lehrwerkdokument zum Thema der Unterrichtsstunde auf ihrem Schirm und scrollt gerade mit Hilfe der Maus durch das Dokument. Links neben ihrer Hand liegt ihr Mäppchen, aus dem ein Stift ragt, rechts neben dem Computer liegen weitere Lehrutensilien. Im rechten Hintergrund ist ein gerade nicht eingeschalteter Beamer auf einem erhöhten Gerätetisch zu sehen. Die Schüler sitzen vor Bildschirmen in Längsrichtung an der Fensterseite und an der fensterlosen Seite, in der Raummitte sitzen sie sich in einer Doppelreihe gegenüber.

Die Kameraprojektion entwirft in Brusthöhe und aus der Position der Lehrerin eine Sicht auf den Unterricht, bei der alle Fluchtachsen auf den Bildschirm hin fliehen. Der linke Arm der Lehrerin wird durch die Kameraperspektive stark vergrößert, ebenso das Mäppchen und die Lehrutensilien zur Rechten, während die Personen im linken Raumbereich verkleinert wirken. Die Lehrerin dürfte in Wirklichkeit ein deutlich erweitertes Blickfeld haben, auch auf die rechts sitzende Schülerreihe, die hier auf Grund der schwachen Belichtung nicht zu erkennen ist. Sehr deutlich wird hingegen, dass die Raumperspektive und -anordnung gegenüber der ansonsten in dieser Schule üblichen, gestaffelten Reihenanordnung, verändert ist. Alle sitzen und schauen auf Bildschirme, die direkt vor ihnen stehen. Die Lehrperson befindet sich zwar zentral, aber eben sitzend am Rande und nicht mehr frontal. Die Lehrer-Schüler-Frontstellung ist zugunsten einer Parallelstellung der Schüler aufgelöst, wobei die Lehrperson sowie die außen Sitzenden exzentrisch positioniert sind. Nur die Personen an den Mitteltischen blicken sich an. Da die Lehrerin zwar am Rand, jedoch gleichzeitig vor der Mittelreihe positioniert ist, kann sie das Interaktionsgeschehen im Raum immer noch weitgehend überwachen. Es entsteht insgesamt ein Bild isolierter Einzelpersonen, die nicht aufeinander reagieren, sondern über Maus und Bildschirm mit dem Computer interagieren.

Die Lehrperson ist über die Hand und die Maus unmittelbar mit dem elektronischen Gerät verbunden und der Bildschirm lenkt die Aufmerksamkeit bzw. den Augen-Blick zentral auf sich. Diese Aufmerksamkeitslenkung wird durch Rauf- oder Runterscrollen und damit verbunden eine Veränderung des Bildschirminhalts aufrechterhalten. Die übrigen Lehrutensilien wirken dagegen statisch und marginal.

- „Frau S.: Wie war denn eure Kurswahl, habt ihr euch alle für Französisch fünfstündig entschieden.
- Adrienne: Ja klar. (Kichern)
- Frau S.: (Kichern) Auf jeden Fall (Kichern), kein Kommentar okay (unverständlich).
- Adrienne: Chill doch.
- Vera: hö was?
- Adrienne: (Pause) die Webseite (Pause) will ein pop-up Fenster ich hab bis heute noch nicht verstanden was ein verdammtes pop-up Fenster is (fünf Sekunden Pause) mehr als dreihunderttausend Becher jede Stunde (eine Sekunde Pause) voll gut.
- Vera: Zehntausende Tonnen Holz (eine Sekunde Pause) geil (eine Sekunde Pause) mit dem eine Kleinstadt versorgt werden könnte (eine Sekunde Pause) die Seite is gut, schreib dir die Seite auf (unverständlich) Punkt d e (vier Sekunden Pause) ähm Frau S.?
- Frau S.: ja?
- Vera: Wie lange muss denn diese Präsentation gehen?

- Frau S.: Zehn Minuten
- Vera: Okay
- Frau S.: Sagen wir mal so nicht länger als zwanzig.
- Vera: Okay
- Frau S.: Also zehn Minuten sind okay wenn ihr zu zweit seid und jeder hat 'n Anteil von fünf Minuten (eine Sekunde Pause) is schon lang.
- Vera: Okay gut."

Eine wissenschaftliche Analyse des alltäglichen Unterrichts sieht auf Grundlage dieses Transkripts zunächst eine Reformulierung des Gesagten in eigenen Worten vor: Die Lehrperson thematisiert die Kurswahl und fragt, wer sich für Französisch Leistungskurs entschieden habe. Eine explizite Antwort bleibt aus. Adrienne thematisiert ihr Nichtwissen bezüglich der Bezeichnung „pop up-Fenster", und Vera findet sehr ergiebige Informationen zum Holzverbrauch. Anschließend fragt sie die Lehrperson nach der erwarteten Länge der Präsentation.

Im zweiten Schritt wird die Episode vom Forscher (das bin in diesem Fall ich) reflektiert: Nach einem zwanzigsekündigen Intervall, das mit anderen Themen gefüllt ist, kommen Vera und Adrienne wieder auf die Umweltthematik zurück. Adrienne spricht zwar zunächst ein technisches Thema bei der Arbeit mit den Webseiten an („die Webseite will ein pop-up Fenster ich hab bis heute noch nicht verstanden was ein verdammtes pop-up Fenster is"), allerdings keine weitergehende Bearbeitung. Nach kurzer Pause äußert sie dann eine Mengenangabe in Verbindung mit dem bereits zuvor bearbeiteten Thema der Wegwerfbecher („mehr als dreihunderttausend Becher jede Stunde voll gut"). Der bewertende Kommentar „voll gut" könnte ironisch zu verstehen sein, ebenso wie der Redewechsel Veras, in dem sie den damit verbundenen Holzverbrauch anspricht: „zehntausende Tonnen Holz geil mit dem eine Kleinstadt versorgt werden könnte". Das Thema wird aber sofort wieder verdrängt durch das technische Thema der Nützlichkeit für die Präsentation („die Seite is gut schreib dir die Seite auf (unverständlich) Punkt d e"). Das Thema wird vorläufig durch die Klärung der Frage nach der erwarteten Länge der Präsentation und die Antwort der Lehrperson abgeschlossen.

Ich muss noch gründlicher über den Begriff des Alltags und der Alltäglichkeit nachdenken. Vielleicht hilft eine assoziative Zusammenstellung von Gegensatzpaaren weiter: Routine (Gewohnheit?) versus Risiko, Experiment und Irritation; Normalität versus Bruch und Nonkonformität; Langeweile versus Kreativität … Wir werden das morgen diskutieren, wir werden das im Auge behalten.

Alltag und Normalität, Normalität und Alltag. Unter Alltag würde ich das Konstante, Routinehafte in einer bestimmten Lebenswelt oder einem bestimmten Milieu verstehen, und natürlich kann dieser Alltag auch mit anderen geteilt werden. So gesehen wäre Alltag ein soziologischer Begriff. Normalität ist zwar ebenfalls eine soziologische, allerdings auch eine statistische Bezeichnung für das, was eine Mehrheit teilt. Für die beobachteten Schüler gehört der Französischunterricht zum Alltag, sie teilen seit mindestens einem Jahr diese Routine miteinander und – in unterschiedlichen Rollen – mit ihrer Lehrerin. Normal ist für sie lediglich, immer zu genau dieser Stunde Französisch zu haben, kaum normal dürfte es dagegen sein, die Stunde im Computerraum zu verbringen und in Tandems eine Präsentation vorzubereiten. (Eine These? Worauf gründe ich sie? Das muss noch genauer recherchiert werden, dafür brauche ich mehr Informationen über den alltäglichen Französischunterricht in dieser Klasse.)

Oder nehmen wir das Beispiel dieses Workshops. Wir treffen uns also heute Nachmittag von vierzehn bis achtzehn Uhr und morgen früh von neun bis dreizehn Uhr, um audio- und videografierte Daten aus dem Fremdsprachenunterricht zu analysieren. Marcus ist unser Postdoc, er muss nur noch seine Dissertation verteidigen, Dario und Larissa haben ihre Promotionen gerade begonnen, ich bin der Projektleiter. Jeder von uns vieren verschickt vor dem Workshop seine Analyse, so kann jeder die Analyse der anderen lesen und sich vorbereiten. Im Workshop diskutieren wir die Analyseschritte, die Transkripte, die Bildbeschreibungen, die Bild- und Textauswahl, die Schlüsse. Wissenschaftlicher Alltag, jedoch beileibe keine wissenschaftliche Normalität; es gibt sehr unterschiedliche wissenschaftliche Normalitäten. Mit empirischen Daten zu arbeiten ist nicht jedermanns Sache, manche Wissenschaftler verzichten ganz darauf, sie arbeiten rein theoretisch. Wenn man sich für die Empirie entschieden hat, gibt es auch hier wiederum unterschiedliche Normen, man kann quantifizierende Analysen betreiben, und man kann Daten qualitativ analysieren, genauer gesagt: interpretativ. Dafür gibt es elaborierte Verfahren. Allen gemeinsam ist der Vergleich: Empirisch zu forschen heißt, zu vergleichen.

Bedeutet Wissenschaftlichkeit, stets etwas zu vergleichen und jeden Schluss so lange zu bezweifeln, bis alle Zweifel ausgeräumt sind? … Vielleicht. Auf alle Fälle müssen die Methode angemessen und jeder Schluss, jedes Ergebnis transparent und überprüfbar sein. Das gibt die erforderliche Gewissheit. Es ist ein ständiges Einhegen und Zurückdrängen von Ungewissheit, vielleicht auch von Gefühlen und Ängsten.

Zur Kaffeepause gehen wir rüber ins Unckel. Ein Thema beschäftigt alle. Die Nachrichten berichten seit Wochen von diesem Virus.

- Bis zum Jahreswechsel dachte ich, es sei ein chinesisches Problem.
- Wegen der Bilder von Wuhan und den strengen Maßnahmen der Regierung …
- Zum Glück ist das weit weg.
- Einen Fall gibt's auch schon in Deutschland. Ein Mitarbeiter einer Firma mit Kontakten nach China ist positiv getestet worden.
- Hab's gehört. Nähe von München.

- Dann wird's nicht mehr lange dauern, und wir haben auch hier den Salat.
- Ein Glück, dass wir unsere Daten haben.

- Was darf's bei Euch sein?
- Espresso macchiato.
- Dreimal?
- Einmal Cappuccino.
- Für mich einen Tee.

Urvertrauen. Die letzte Grippewelle, vor zwei Jahren, ist ja auch spurlos an uns vorübergegangen.

Tübingen ist ein außergewöhnlicher Wohn- und Wissenschaftsstandort. Ich bin erst seit zwei Jahren hier, doch schon hat mich die Stadt umgarnt. Mehrfach habe ich den Spruch gehört: Tübingen hat keine Universität, Tübingen ist eine Universität. Alles geht ineinander über. Dann letztes Jahr im Sommer der Erfolg bei der Deutschen Forschungsgemeinschaft. Ich konnte Marcus einstellen, wir konnten sofort mit der Datenerhebung loslegen, im Winter die Projektworkshops starten. Das Team steht, und es arbeitet. Keine Zeit, die Stadt ein wenig zu erkunden. Das kommt noch, das muss warten.

Als ich den Ruf bekam und wir im Sommer achtzehn hierherzogen, kannte ich Tübingen übrigens noch (fast) gar nicht. Ein einziges Mal war ich hier, vor vierzig Jahren muss das gewesen sein, von Heidelberg aus für einen Tag zu einem Folklore-Festival, hatte meinen R4 irgendwo draußen geparkt und mich dann zu einem Konzert auf den Marktplatz begeben. Ich erinnere mich noch dunkel an die idyllischen Fassaden an Neckar und Ammer, an das Auf und Ab der Stadt auf den Hügeln, an die große Sommerhitze. Ich kann jetzt immer noch alles nachholen. Ich bin hier angekommen, ich genieße das Gefühl, endlich in Ruhe forschen zu können, noch dazu in einer der schönsten Universitätsstädte des Landes. Gelegentlich gehe ich auf einen Kaffee oder eine kleine Zwischenmahlzeit in die Altstadt, das sind zehn Minuten, von meinem Büro aus, über die Wilhelmstraße zum Alten Botanischen Garten, durch die Unterführung und schon bin ich mittendrin. Touristen, Studenten, alte und junge Tübinger, alles mischt sich in den engen Gassen, den kleinen Läden, den Cafés. Altstadtleben. Dann setze ich mich irgendwohin und denke über einer

Tasse Kaffee über das Forschungsprojekt nach, über die Arbeitsstände, über Termine und Fristen, über Fragen und mögliche Antworten. Manchmal stromere ich allein herum, brauche das Alleinsein, um in Ruhe nachzudenken, manchmal verabrede ich mich, um gerade nicht allein zu sein und mich auszutauschen.

Der nächste Workshop wird am vierundzwanzigsten und fünfundzwanzigsten April stattfinden. Bis dahin werde ich mich weiter mit Körpern, Dingen, Raum und Räumen im fremdsprachlichen Klassenzimmer beschäftigen. Manchmal scheint es mir, als korrespondierten meine Forschungsthemen im Projekt mit meinen Wahrnehmungen in dieser Stadt. Bilde ich mir das nur ein oder projiziere ich ständig irgendeinen aktuellen Forschungsfokus von einem Gegenstand auf den anderen, von Körpern, Dingen, Raum und Räumen im fremdsprachlichen Klassenzimmer auf Körper, Dinge, Raum und Räume in Tübingen? Das wäre nicht unplausibel, vielleicht arbeitet mein Gehirn so. Und umgekehrt? Übertrage ich vielleicht auch Impulse aus meiner Wahrnehmung Tübingens auf das Forschungsprojekt? Misstrauisch bleiben, wach bleiben für das Hin und Her der Impulse … Wissenschaft ist

Selbstreflexion. Und immer die Methode im Hinterkopf behalten, die Regeln der Rekonstruktion einhalten.

Meine Forschung dreht sich um Rekonstruktion. Man muss sich das so vorstellen: Die menschliche Verständigung beruht auf Regeln und Routinen, das heißt, Menschen haben ihr soziales Miteinander so oder so konstruiert, zum Beispiel in einem bestimmten von uns beobachteten Französischunterricht, und ich, als Forscher, als Wissenschaftler, tue nichts anderes, als diese Regeln zu rekonstruieren. Nichts anderes. Die Praxis gehorcht bestimmten Routinen, Praktiken werden routinisiert ausgeführt, so dass es möglichst wenig Reibungsverluste gibt. So funktioniert der Unterricht. So funktioniert der Alltag. Besonders spannend wird es allerdings, wenn die Routinen brüchig werden, wenn Unvorhergesehenes eintritt. Bilden sich neue Regeln? Oder werden die alten angepasst?

Am dreizehnten und am siebzehnten März beschließt die Regierung Maßnahmen, um das Land auf das „Infektionsgeschehen" vorzubereiten. Sämtliche „nicht lebensnotwendige" Einrichtungen und Geschäfte werden geschlossen, darunter die Schulen und Universitäten.

Ausgangs- und Kontaktbeschränkungen werden angeordnet. Am zweiundzwanzigsten März einigt man sich auf die „Beschränkung sozialer Kontakte": Mindestabstand ein Meter fünfzig im öffentlichen Raum, Aufenthalt im öffentlichen Raum nur allein oder mit höchstens einer weiteren Person außerhalb des eigenen Hausstands. Schließung gastronomischer und weiterer Dienstleistungsbetriebe. Man verwendet dafür die aus dem Englischen übernommene Bezeichnung Lockdown. (Sie stammt aus der Polizeisprache und meinte ursprünglich das Einkreisen und Ausbremsen des Täters bei einem Amoklauf oder einem Terroranschlag, um mögliche Opfer zu schützen.) Was für ein unglaubliches Glück, dass wir Anfang März die Datenerhebung abschließen konnten.

2

Jetzt muss ich mich beeilen, noch zum Haus meiner Eltern zu kommen. Ich muss mich ranhalten.

Dreizehnter März. Ich stehe vor diesem Mercedes Sprinter, Langversion, ein Ungetüm. Noch nie habe ich ein so langes Fahrzeug manövriert. Langsam fahren, erster Gang, Außenspiegel rechts und links, innen gibt es keinen, raus aus dem Hof der Verleihfirma, Reutlinger Straße, dann die B27 nach Stuttgart und erst mal durchatmen. Es läuft ja ganz gut, das Fahrzeug hat erstaunlich bequeme Sitze. Ich hab's jetzt nicht übermäßig eilig, aber am Mittag sollte ich schon vor Ort sein. Knapp dreihundert Kilometer. Um zwölf komme ich an. Ich biege, ganz vorsichtig (zum letzten Mal?) in den langen gepflasterten Weg zum Haus meiner Eltern ein. Als erstes sehe ich den riesigen Container, er ist unübersehbar, dann die beiden PKW. Mein Bruder wartet bereits, zusammen mit einem Cousin, der wird mithelfen, ist topfit, während mein Bruder wegen eines Hüftleidens nur leichte Sachen tragen kann. Haben wir so abgesprochen. Wir begrüßen uns ohne Handschlag, mit den Ellbogen, die Leute machen das jetzt so.

- Ich hab dir ein paar Viren mitgebracht, ich hoffe, es macht dir nichts aus.

Es soll witzig klingen.

Das Mobiliar ist aufgeteilt, die Sachen, die mir zufallen, kommen in den Sprinter, das Übrige wird in einen Container geworfen, Geschirr, Regale samt Büchern, Ständer, Vasen, Kleider, alles durcheinander. Hausrat. Es drehte sich mir der Magen um, jedes einzelne Stück erzählt eine Geschichte. Und wenn man glaubt, es ist so weit, man ist durch, dann liegt da immer noch ein Stapel Bücher, und fast aus jedem fällt ein Foto oder ein handschriftlicher Zettel heraus, und jedes Foto macht es schwerer, weil es einem vor Augen führt, dass es hier um das Leben der Eltern und die Geschichte der Familie geht, aus der man herkommt. Und bei jedem dieser kleinen Zettel muss man an die Hand denken, die den Stift einmal führte und eine Notiz machte, etwa: „Geburtstag Wolfgang anrufen!"

Seit einem Jahr steht das Haus leer, seit einem Jahr ist Mutter im Pflegeheim. Demenz. Vater starb vor fünfzehn Jahren. Wir haben das Haus verkauft.

Langsam füllt sich der Sprinter, Stück für Stück füllen wir die Ladefläche von hinten nach vorn, stapeln dann oben, eins geht noch, dann noch eins, dann noch eins. Die Möbel leiden, ich habe leider nicht an ausreichend Decken gedacht, egal, es ist zu spät, es ist wohl die letzte, die allerletzte Fahrt zu diesem Haus, der allerletzte Abschied. Als der Sprinter komplett voll ist, bis unters Dach, die Hecktüren geschlossen und verriegelt, da gehe ich noch einmal durch die leeren Zimmer. Da, wo einmal Bilder hingen, ist jetzt ein großer heller Fleck auf der Tapete. Hier stand ihr Ehebett, der intime Bereich, Staubreste am Boden. Dort hat sie gebügelt. Hier hatte er sein Büro, ein Stapel Dokumente liegt auf dem Boden, ich gehe davon aus, dass mein Bruder alles durchgesehen hat, dass nur noch unwichtige Dokumente übrig sind. Einmal noch die Treppe runter in den Kellerbereich. Hier waren die Gästezimmer, wie oft haben wir hier geschlafen … Die Tür schnappt ein letztes Mal zu, mein Bruder verwaltet die Schlüssel, er wird sie den neuen Besitzern übergeben. Wir verabschieden uns wieder, Ellenbogen raus, ich drehe den Zündschlüssel und manövriere das Raumschiff wieder aus der Einfahrt, nach links einschlagen, zurückstoßen so weit wie es geht, dann nach rechts einschlagen, dann vorwärts geradeaus, noch ein letzter Blick aus dem Rückspiegel, *adieu*.

Der Workshop findet nun per Videokonferenz statt. Wir haben uns auf Zoom geeinigt, und ich arbeite mich in die Bedienungsoberfläche des Programms ein, alles ist neu für mich. Ich kenne zwar Skype, aber das ist eine Weile her, es hat auch nicht sonderlich gut funktioniert. Jetzt also Zoom. Es regt mich auf, dass sich die Technik derart deutlich vor die Inhalte, vor die Sache schiebt. Es heißt, die Digitalisierung bekomme jetzt einen mächtigen Schub in Deutschland.

Ich verbringe den Tag vor dem Bildschirm. Was wird das mit mir machen? Was wird es mit meinen Augen machen, was mit meinem Kopf, mit meinem Denken? Alle machen resigniert mit, alle sitzen im selben Boot, wenigstens das. Wir alle müssen uns zu Hause verstecken, zwei dürfen zum Einkaufen raus, Spaziergänge sind erlaubt, überall tauchen Masken auf, selbst draußen in der Natur tragen einige sie. „FFP2", bis vor ein paar Tagen kannte ich dieses

Kürzel noch nicht, jetzt ist es in aller Munde. Die sind aber kaum noch erhältlich, also nimmt man, was man bekommt, bastelt sich Masken aus Kaffeefiltern, näht sich welche aus Stoffresten.

Das Team hat sich im Zoom-Raum eingefunden. Noch zeigt man den realen Hintergrund, dort, wo man gerade sitzt, Arbeitszimmer, Schlafzimmer, Küche. Der Privatbereich wird partiell zum öffentlichen Raum. Auch der Körper scheint partiell entprivatisiert: das Haar bei manchen wirr, ungekämmt, ungeschminkte Frauengesichter, unrasierte Wangen bei Männern, legere Haushaltskleidung, als ob die Kamera nichts von alledem wiedergeben würde. Der eigene Körper verbringt Stunden, sitzend, vor Bildschirm und Kamera, bis man merkt, dass alle Glieder steif geworden sind und die Augen brennen. Wie lange wird das so weitergehen? Ein autoethnografisches Experiment … Ich beschließe, mich selbst zu beobachten.

Dieser Zustand wird sehr schnell zur Normalität. Ich habe verpasst, auf den Zeitpunkt zu achten, als ich aufhörte, mich zu wundern, Witze zu machen (bei Beginn der Videokonferenz: „Warum tragen Sie keine Maske?" oder „Hast Du Knoblauch gegessen? Ich kann's genau riechen.").

Wann genau habe ich aufgehört, Nachrichten zu sehen, Fallzahlen und sogenannte Inzidenzen zur Kenntnis zu nehmen? Ich weiß nur: Es geht alles sehr schnell.

Ich bin ein schlechter Beforscher meiner selbst. Aus irgendeinem Grund, der sich mir noch nicht ganz erschließt, scheinen manche Wahrnehmungs- und Analyseprozesse hinterherzuhinken (ich will nicht sagen: zu versagen), vielleicht sind es Vorstufen von Klaustrophobie, vielleicht ist es die extreme Verengung sozialer Kontakte auf die Kleinfamilie, die aufgezwungene Unterbindung ganzheitlicher Verständigung und alltäglicher Kontakte, sei es im Supermarkt, sei es draußen beim Spaziergang … Vielleicht ist es die medial geschürte Angst vor Ansteckung und schweren Verläufen. Ich gleite allmählich, fast unmerklich, doch unwiderstehlich, in einen Zustand der Resignation. Die Stunde der Experten ist gekommen. Die Stunde der Ärzte, der Virologen, der Epidemiologen, der Modellierer.

Zugleich wird mir bewusst, dass mit der wissenschaftlichen Sprache, die ich gewohnt bin, dieser nüchternen, unerbittlichen Analysesprache, dem, was ich gerade als neue Realität um mich herum erlebe, nicht beizukommen ist. Die emotionale Wucht der Pandemie und der Mittel, die eingesetzt werden, um ihrer Herr zu werden, ist mit den mir zur Verfügung stehenden Worten nicht zu erfassen. Ich muss mich an eine andere Sprache herantasten … vielleicht eine Sprache, die mir als Schüler einmal begegnete und dann nach und nach in der Vergangenheit verschwand, eine Sprache, die mir mit den Jahren fremd geworden ist, zur Fremdsprache geworden, ohne eine Fremdsprache zu sein, … „Sein Blick ist vom Vorübergehn der Stäbe/ so müd geworden, daß er nichts mehr hält./ Ihm ist, als ob es tausend Stäbe gäbe/ und hinter tausend Stäben keine Welt." Mein Gott, was macht das Eingesperrtsein mit uns … Und welche Macht verleiht es den Autoritäten vor der Kamera …

Der Bildausschnitt zeigt Vera und Adrienne in der linken Bildhälfte und aus einer rückwärtigen Perspektive von vorne seitlich Torben und Ella. Eine weitere, nicht klar identifizierbare Schülerin hat sich vorübergehend neben Laura gesetzt. Alle sind damit beschäftigt, den Arbeitsauftrag am Rechner zu bearbeiten. Die thematische Einbettung des Arbeitsauftrags selbst ist auch auf dem Lehrerrechner (vermutlich als digitales Arbeitsblatt) zu erkennen: *Sujet: L'écologie et moi.*

Links neben dem Monitor ist auf dem Lehrertisch ein weiteres Arbeitsblatt in Papierform zu erkennen. Auf dem Tisch, an dem Vera und Adrienne sitzen, befindet sich eine Kiste mit Wörterbüchern.

Torben und Ella, die im Gegensatz zu den anderen erwähnten Schülern von seitlich vorne zu sehen sind, blicken parallel nach vorne; ihre Körpersprache lässt erkennen, dass sie in diesem Moment nicht miteinander kommunizieren. Torben hat die Augenlider gesenkt und scheint eher nach unten zu schauen, während Ella nach vorn auf den Monitor blickt. Beide halten einen Schreibstift in der Hand, Torben links und Ella rechts.

Die Szene lässt Paarbildungen erkennen. Adrienne und Vera sitzen eng beieinander; es ist deutlich, dass sie sich einen Bildschirm teilen und dadurch per se eng kooperieren. Auch die rechts neben ihnen sitzenden Lena und Laura kooperieren, wie sich aus Lenas Körperdrehung nach rechts, zu Laura hin, ablesen lässt. Die nicht identifizierbare Schülerin hat sich neben Laura gesetzt und ihre Kopfdrehung scheint zu signalisieren, dass auch sie bei der

Kleingruppe mitmacht. Torben und Ella zeigen gestisch und mimisch, dass sie konzentriert sind, jedoch individuell arbeiten, jedenfalls gerade nicht in sichtbarer Kooperation. Die Kooperation könnte theoretisch auch über das elektronische Medium stattfinden, dies ist jedoch aus dem Bild heraus nicht zu belegen. Torbens Hand liegt mit leicht gespreizten Fingern so auf der Maus, dass an dieser Gebärde abgelesen werden kann, dass er sie gerade als Steuerungsmedium benutzt und nicht etwa mit ihr herumspielt. Die Körperhaltung bringt vom Kopf über Oberkörper, rechten Arm, Hand und Fingerspreizung vollständige Konzentration auf die Handhabung des elektronischen Mediums zum Ausdruck, während der Stift in der linken Hand gerade nicht funktional benutzt zu werden scheint. Ella hingegen scheint den Stift in diesem Moment zum Schreiben einzusetzen, während die Maus nicht benutzt wird. Ihr Kopf ist leicht auf den linken, aufgerichteten Unterarm bzw. die linke Hand gestützt. Die gesamte Körpersprache verrät ihre völlige Konzentration auf den Bildschirm. Ellas und Torbens Körper wirken dabei wie eingefroren.

Der Beamer auf dem erhöhten Beamerrolltisch beherrscht zwar die linke Bildhälfte, ist jedoch für die

31

Zusammenarbeit völlig funktionslos, während der eingeschaltete Monitor die Übereinstimmung verschiedener Schüleraktivitäten mit der Organisationsaktivität der Lehrperson erkennen lässt. Die Kiste mit gestapelten Wörterbüchern spielt keinerlei Rolle. Eine Beziehung zwischen diesen Wörterbüchern und den Schülern oder der Lehrerin ist hier ebenso wenig nachweisbar wie zwischen dem Beamer und den anwesenden Personen.

Körper, Dinge, Raum und Räume. Je kleiner der genehmigte öffentliche Raum, umso größer wird der virtuelle Raum in Internet und Fernsehen. Der Bildschirmkonsum nimmt noch einmal deutlich zu. Wie in einem U-Boot verbringen wir die Tage und Wochen zu Hause, und alle Augen kleben am Bildschirmperiskop. Kann man so das Draußen nach Drinnen holen? Wir bestellen nun standardmäßig alles Mögliche via Internet, zwangsläufig, die meisten Geschäfte sind geschlossen, außer Lebensmittel- und Baumärkten (warum diese Ausnahme bei den Baumärkten?). Lieferdienste bringen die Waren, klingeln kurz und verschwinden sofort wieder. Keine Kontakte, keine Gespräche. Die neuen Rituale, sie werden im Nu zur

Routine. Ich muss mich fremd machen, um sie noch zu durchschauen.

Woran ich mich nicht gewöhnen kann: der Ellbogencheck bei der Begrüßung, der über die Finger gezogene Hemdsärmel beim Drücken der Klinke, der Ein-Meter-Fünfzig-Abstand im Lebensmittelladen, der übergroße Abstand bei Begegnungen im Freien und natürlich ... die Maske. Sie spaltet, von Anfang an. Der Riss geht auch durch die Familie. Manche Ärzte warnen vor stundenlangem Maskentragen (bringt sie überhaupt etwas, vor allem die selbstgebastelte, die selbstgenähte, die Krankenhausmaske?) ... Wenn die Angst sogar vor dem Atmen nicht halt macht. Atmen ist doch Leben, will man denn sein Leben retten, indem man aufhört zu atmen? Ich muss lernen, mich gegenüber den neuen Praktiken fremd zu machen, sie zu durchschauen, mit Paradoxien umzugehen. Ich bin ein schlechter Beobachter meiner selbst, ich mache einfach mit ... und gehorche den neuen Regeln. Wer ordnet sie mit welcher Begründung an? Rede und Gegenrede? Wo bleibt die Gegenrede? ,Querdenker' nennen sie sich selbst. Bin ich ein Querdenker? Ich weiß es nicht. Draußen scheint alles erstarrt, doch in Wirklichkeit ist alles in Bewegung geraten. Warum diese Zweifel an den ‚Maßnahmen‘? Warum diese Kritik daran? Kann ich mich nicht anpassen?

- Die Maske kann nicht richtig sein. Wir können doch nicht unsere selbst verbrauchte Luft einatmen.
- Aber wenn Wissenschaft und Politik es nun mal anordnen?
- Dann bedeutet das nicht unbedingt, dass sie recht haben.
- Geht es denn um's recht haben?
- Worum denn sonst?

Wenn die Angst zur Normalität wird. Wo ist von Gott die Rede? Wo ist die Botschaft Christi, wo das Gottvertrauen? Die Kirchen schweigen.

Es ist wieder vom „Ermächtigen" die Rede. Bei diesem Wort muss ich zusammenzucken, auch wenn es unschuldig daherkommt: „Gesetz zum Schutz der Bevölkerung bei einer epidemischen Lage von nationaler Tragweite". Damals bemäntelte man die Ermächtigung mit dem „Schutz von Volk und Staat". Vom Volk redet man heute nicht mehr, das klinge nach völkisch, heute ist es die Bevölkerung, die geschützt werden soll. Natürlich ist der Vergleich völlig unzulässig, damals steckten böse Absichten dahinter, die Demokratie sollte abgeschafft werden. Vielleicht bin ich einfach zu sensibel für Sprache, reagiere über, wenn mir sprachliche Parallelitäten auffallen, doch ich kann es nicht vermeiden, bei den Worten „ermächtigen" oder „Schutz" zusammenzuzucken, vor allem, wenn beides in einem Atemzug genannt wird. Vielleicht ist es auch das cäsarenhafte Auftreten der Ermächtigter und der Ermächtigten, das mich misstrauisch macht. Vielleicht macht mich Macht immer misstrauisch. Bin ich ein Querulant, ein Querdenker? Was ist denn ein Querdenker? Ich weiß es nicht, war auf keiner Demonstration gegen die „Maßnahmen", sehe das alles nur im Fernsehen und im Internet. Doch ich spüre, dass ich den Protesten mit Sympathie begegne. Muss es in einer Demokratie nicht möglich sein, jede Meinung, insbesondere eine von der veröffentlichten Meinung abweichende, zu äußern? Kommt die Sprache bei WhatsApp auf dieses Thema, antworte ich höchstens mit Daumen hoch. Warum äußere ich mich nicht direkt dazu? Habe ich schon Angst vor Überwachung? Ich bin kein Rebell.

Wir lernen eine neue Vokabel: „vulnerable Gruppen." Nicht, dass ich die Bezeichnung nicht verstünde, bin schließlich des Lateins und einer gewissen Zahl davon abgeleiteter Fremdsprachen mächtig. In letzteren gehört das Wort ‚vulnerabel' (englisch *vulnerable*, französisch *vulnérable*) zum allgemeinen Wortschatz, nicht jedoch im Deutschen. Hier ist es ein Fachbegriff, vor allem in der Medizin. Mediziner verwenden ihre Fachbegriffe wie eine Geheimsprache, die viele Vorteile hat: Sie erlaubt es, die Zugehörigkeit zur führenden Kaste, zur Elite, zu markieren, Wissensvorsprung zu demonstrieren, Privilegien zu legitimieren, Unangenehmes nicht allgemeinverständlich ausdrücken zu müssen, zu Maßnahmen zu ermächtigen. Mit der Bezeichnung „vulnerable Gruppen" geht man in Politik und Medien neuerdings verschwenderisch um, die Bezeichnung hat die Aura der Wissenschaftlichkeit. Ist *Follow the science* die neue Religion und nicht mehr „folge mir nach"? Fachbegriffe legitimieren die Maßnahme wie auch die Ermächtigung zur Maßnahme.

Verschleiert die Bezeichnung „vulnerable Gruppen" nicht etwas Wesentliches? Sind nicht wir alle vulnerabel, ist nicht der Mensch per se vulnerabel? Gibt es etwa „Nicht-Vulnerable"? Achilles und seine Ferse fällt mir ein, Siegfried und das Lindenblatt zwischen den Schultern. Wie sind Vorerkrankungen zu bewerten, wie das Altsein? Wer legt die Grenzen fest? Die Medizin scheint hier nach statistischen Häufigkeiten zu sortieren und die Menschen wie nach Warengruppen einzuteilen: fünfzig bis sechzig, über sechzig, über siebzig. Wer raucht, regelmäßig Alkohol trinkt, keinen Sport treibt, wer stark übergewichtig ist, gehört zu einer Risikogruppe. Ist er vielleicht schon vulnerabel? Wer unter Asthma leidet, gehört zu einer Risikogruppe. Ist er vulnerabel? Wie konnte ein starker Raucher wie Helmut Schmitt fast achtundneunzig Jahre alt werden? Ein statistischer Ausreißer? Es muss etwas mit der körpereigenen Abwehr zu tun haben …

„Der weiche Gang geschmeidig starker Schritte,/ der sich im allerkleinsten Kreise dreht,/ ist wie ein Tanz von Kraft um eine Mitte,/ in der betäubt ein großer Wille steht."

Seit Jahrhunderten werden der Mensch und sein Körper nun schon vermessen und kategorisiert. Seit

Jahrhunderten versucht man, das menschliche Leben auf diese Weise zu optimieren. Die Erfolge können sich sehen lassen, das Leben ist leichter geworden … Wir sind ein ganzes Stück aufrechter geworden, die gebeugten Rücken der Bauern über ihren Pflügen und hinter ihren Ochsen sind verschwunden, stolz zeigen wir auf unsre Schul- und Hochschulabschlüsse, unsre Gehaltsauszüge, unsre Statussymbole … Der weiche Gang geschmeidig starker Schritte … Und nun dreht sich dieser weiche Gang im allerkleinsten Kreise … Betäubt, ja: regelrecht betäubt scheint der Wille, der sich selbst nicht mehr erkennt.

- Und wenn der Lockdown doch richtig wäre?
- Wie meinst du das?
- Vielleicht brauchen wir alle mal eine Zwangspause, um zurückzufinden.
- Wohin zurückfinden?
- Vielleicht zu uns selbst?
- Du meinst, vielleicht hat uns Gott gestoppt?
- Es gab genug Warnungen …
- Vielleicht sollen wir darüber nachdenken, wie wir leben.

- Dann wäre die Pandemie eine Art Unterricht Gottes?

Später wird es die „Bundesnotbremse" geben: Kontaktbeschränkungen, Ausgangssperre, Geschäftsschließungen und so weiter je nach lokalen Fallzahlen. Die Bezeichnung stammt aus der Bahntechnik, wie bei einem Zug, der per Notbremse abrupt zum Stehen gebracht wird, um einen schweren Unfall zu vermeiden. Und wenn unsere ganze Gesellschaft auf einen schweren Unfall zusteuert, der gar nichts mit dem Virus zu tun hat? Haben wir vielleicht alle die Orientierung verloren, so dass nur noch eine Vollbremsung hilft, damit das Fahrzeug wenigstens einmal zum Stehen kommt und man in Ruhe überlegen kann, wie es weitergehen soll? Mich beunruhigt nicht die Notbremse, mich beunruhigt das Schweigen der Journalisten, der Politiker, der Wissenschaftler, der Geistlichen zu diesen Fragen. Sie scheinen noch nicht einmal gestellt zu werden, so als hätte man mehr Angst vor den Fragen, die Covid aufwirft, als vor Covid selbst.

3

Die Lockerungen im Mai ermöglichen es uns, wieder einen Workshop in Präsenz durchzuführen. Wir sehen unsere Augen, unsere Körpergesten, wir hören unsre Stimmen, doch wir sitzen in großem Abstand, gute zwei bis drei Meter. Wir haben gelernt, uns zu misstrauen. Larissa trägt zum Thema der körperlichen Vermittlungs- und Aneignungspraktiken im Französischunterricht vor, Dario zum Thema Sprache und Sprachlichkeit im Spanischunterricht. Ich analysiere videographisches Material einer zwölften Klasse, aus den vielfältigsten Perspektiven, lege mich noch nicht auf einen bestimmten Fokus fest.

Le nez cassé, die gebrochene Nase.

Der naive Beobachter würde eine ältere weibliche Person sehen, die den rechten Arm stark anwinkelt, so dass sie mit der rechten Hand, die gleichzeitig ein Buch hält, ihre Nase berührt. Links vor ihr sitzt eine Person, die den Arm hebt. Die weitere Bildfolge zeigt die ältere Person, wie sie das Buch mit beiden Händen und angewinkelten Armen vor sich hält und es dann leicht anhebt.

Mit dem Hintergrundwissen zum Französischunterricht in einer zwölften Klasse ausgestattet, kann ich folgendes benennen: Nach dem Vorlesen der Textpassage zum Konflikt zwischen Saturnino und Zacharias, den beiden Hauptpersonen der Erzählung, lenkt Frau M. die Aufmerksamkeit der Klasse auf die Klärung der Konfliktursache. Sie setzt dazu unterrichtsmethodisch das fragend-entwickelnde Verfahren ein. Eine Schülerin gibt die Antwort, dass Zacharias versucht habe, Saturninos Schwester zu bestehlen. Frau M. fragt nun weiter nach Saturninos Reaktion. Dieselbe Schülern antwortet, dass er nicht gut reagiert habe. Frau M. vertieft das Thema der Reaktion Saturninos und erläutert zunächst, dass es sich schließlich um seine kleine Schwester gehandelt habe und dann präzisierend, dass er Zacharias mit einem Schlag die Nase gebrochen habe.

Als nächstes thematisiert sie das Zusammentreffen Saturninos und Zacharias in der Musikschule und fragt danach, was Saturnino wohl denkt, als Zacharias dort eintrifft. Selin antwortet, dass es ein großes Problem zwischen den beiden gibt.

Ich konzentriere mich nun auf eine erste Auswahl von drei Standbildern:

Frau M. thematisiert das Aufeinandertreffen zweier Welten, die Welt der Straßenkinder und die Welt der Musikschule. Am Whiteboard wurden zuvor bereits Charakteristika der beiden Welt notiert. Frau M. steht linksversetzt fensterseitig zwischen den U-förmig sitzenden Schülern und der Tafel. In der Fokussequenz inszeniert Frau M. die Erzählpassage, in der es um den Schlag Saturninos auf Zacharias Nase geht. Sie gibt durch die Zeigegeste zur Nase hin zunächst der Vokabel *le nez* ihre Bedeutung und elf Sekunden später durch die Brechen-Geste der Vokabel *cassé*.

Wie sind die Bilder zu deuten?

Frau M. inszeniert ausgewählte Erzählpassagen. Sie positioniert sich dazu stehend fensterseitig vor den sitzenden Schülern, so dass sie die Tafel als Materialisierungsfläche für ihr didaktisches Handeln nutzen kann. Das Buch hält sie in seiner dreifachen Rolle als Ding des Unterrichts, als Autorschaftsnachweis und als literarästhetische

Verweisgrundlage in der rechten Hand. Wenn sie zum Nacherzählen ‚die Hände frei haben‘ möchte, legt sie das Buch auch auf ihrem Lehrertisch ab. Für diese Erzählphasen nimmt sie meist die Brille ab, die in ihrer Hand aber jeweils auch zum Instrument des Zeigens und des Drannehmens wird. Wenn sie im Text liest, setzt sie die Brille wieder auf.

Die Auswahl der in Szene gesetzten Textstellen folgt zwei hierarchisierten didaktischen Ordnungen, einer Elementarisierungsordnung und einer Semantisierungsordnung. Die Elementarisierungsordnung zeigt sich bereits am Tafelbild und an den Lehrerfragen. Hier geht es um die inhaltliche Erschließung des Textes. Die Semantisierungsordnung ist der Elementarisierungsordnung untergeordnet, denn *le nez* und *cassé* sind Vokabeln, die als bekannt vorausgesetzt werden können und deren theatralische Bedeutungszuweisung zunächst übertrieben erscheint. Erst vor der gewohnten Rekonstruktionsaktivität Frau M.s wird diese Bedeutungszuweisung plausibel: Frau M. nutzt gut verständliche Zeigegesten für eher leichte Vokabeln als Brückenelemente bzw. Scharniere einer rekonstruierenden Erzählung. Die Auswahl dieser Scharniere geschieht jedoch nicht planvoll beziehungsweise explizit, sondern auf Grund ihrer eigenen Text-Leser-

43

Beziehung bzw. -rolle und implizitem Rollenwissen als Erzählerin.

Das Buch spielt somit nicht nur als Erzählreferenz, sondern auch als Ding eine Rolle in der Lehrererzählung: Es besetzt die rechte Hand, okkupiert damit einen Teil der Zeigegestik, ja verbirgt sogar die Nase, die das eigentliche Objekt des Zeigens sein sollte, kooperiert anschließend bei der Geste des Brechens (Zeigen von *cassé*) und verwandelt sich damit wie auch die Brille zum Aktanten bzw. zum Co-Erzähler im Erzählernetzwerk.

Die Schüler passen sich ihrerseits an den erwarteten Zuhörerstatus an und erfüllen damit eine Erwartung: Sie erfüllen das, wovon sie glauben, dass Frau M. es von ihnen erwartet (Erwartungserwartung). Ihre Handlungen beschränken sich auf Zuhören, Blickkontakt, gelegentliches Heben der Hand, wenn Frau M. eine Frage stellt, gelegentliches Mitschreiben von der Tafel und gelegentliches Nachschauen in der Lektüre. Sie entsprechen auf diese Weise einer von Frau M. artikulierten Trägheits- bzw. Faulheitsadressierung. Der Wechsel ins Deutsche signalisiert hier eine Metaebene, das heißt, Frau M. verlässt für einen Moment die durchgängig auf Französisch inszenierte

Erzählrekonstruktion, um auf Deutsch eine pädagogische Ebene anzusprechen. Auf Französisch ruft sie dagegen die Metaebene der Unterrichtsanweisungen auf (*allez, tout le monde*, auf geht's, alle jetzt). Vor allem Anja und Selin interagieren mit Frau M. inhaltlich. Es melden sich auch andere Schüler, die sich jedoch häufig außerhalb des Blickfelds Frau M.s befinden. Anja zeigt nonverbal durch Meldegeste, Vorbeugen und Körperspannung ihre Kooperation an, Selin zusätzlich durch sprechbegleitende Gestik der rechten Hand. Die Hand zeigt durch eine Auf- und Abbewegung verbunden mit dem Öffnen und Schließen der Handfläche die Bedeutung des konfliktiven Zusammentreffens von Saturnino und Zacharias in der Musikschule an.

Was ist eine Erwartungserwartung? Der Begriff stammt aus der Systemtheorie. Erwartungserwartungen sichern die Verständigung: Ich erwarte, dass er oder sie dies oder jenes Verhalten von mir erwartet, also verhalte ich mich entsprechend, damit es keine Missverständnisse gibt. Die Schüler im Klassenzimmer verhalten sich den erwarteten Erwartungen ihrer Lehrpersonen entsprechend, sie hören zu, halten Blickkontakt, heben gelegentlich die Hand, wenn Frau M. eine Frage stellt, sie antworten auf die Scheinfrage der Lehrerin (sie kennt ja die Antwort), schreiben gelegentlich von der Tafel ab, schauen gelegentlich in die Lektüre.

Jetzt erwartet man also von mir, dass ich in der Öffentlichkeit die Maske trage, einen Meter fünfzig Abstand halte, Bekannte mit Ellbogen- oder Faustcheck begrüße. Und ich wiederum erwarte, dass man es von mir erwartet. Da ich zögere und mich den neuen Routinen gegenüber fremd mache, stifte ich gelegentlich Verunsicherung. Die neue Norm ist der soziale Abstand: ein Meter fünfzig, kein Körperkontakt, Maske. Die neue Norm ist auch der scheinbar wissenschaftlich gestützte Wahrheitsanspruch der Entscheider. Die nicht mehr so neue Norm ist: Darüber hinausdenken, „querdenken", ist nur privat erlaubt. Wer es öffentlich tut, wird zum „Querdenker" abgestempelt, zum „Skeptiker", zum „Leugner", zum „Verweigerer". Kriegsdienstverweigerung war erlaubt, Maskenverweigerung nicht. Die öffentliche Logik dahinter: man könnte sich anstecken und das Gesundheitswesen zusätzlich belasten. Die nicht öffentliche Logik: man widersetzt sich einer Disziplinierungsmaßnahme.

Einem lehrerzentrierten frontalunterrichtlichen Habitus folgend konzentriert Frau M. alle Lernhandlungen der Schüler auf ihre eigene Person. Sie konstruiert sich bereits durch ihr Positionierung im Raum stehend vor dem sitzenden Publikum als Erzählerin. Alternativ denkbar wäre zum Beispiel, einzelnen Schülern oder Schülergruppen die öffentliche Erzählhoheit wenigstens phasenweise zu übertragen. Durch die extreme Selbstinszenierung treten gleichzeitig ihr Körper, ihre persönlichen Dinge (Brille, Teetasse, Schlüsselbund), das Buch sowie das Medium Tafel in eine interaktive Beziehung und werden zu Agenten der Erzählung, während die Schüler vorwiegend als Publikum installiert werden. Die Semantisierung bestimmten Wortschatzes hat eine der Elementarisierung der Erzählhandlung untergeordnete oder beigeordnete Funktion.

Über die Selbstkonstruktion Frau M.s als Nacherzählerin eines Textes und der Konstruktion der Schülerschaft als Publikum hinausgehend lässt sich auch eine Infantilisierungspraktik rekonstruieren. Dies zeigt sich einerseits an der Auswahl eines Kinder- und Jugendbuchs als

Lektüre für eine zwölfte Klasse und andererseits an Frau M.s Erzählweise. Sie inszeniert ihre Erzählung durch Pausen, Heben und Senken der Stimme, W-Fragen ins Publikum, Gestik und Mimik sowie Metaaufforderungen an die Adresse des Publikums im Stil einer Märchenerzählung für Kinder.

Die Inszenierung einer Expertenerzählung. Zwei oder drei autorisierte Experten sitzen vor der Fernsehkamera und erzählen ihre Geschichte. Die Rollen sind verteilt: Wissende und Nichtwissende, Experten und Laien, Autoritäten und Ignoranten. Wir alle sind es, die sie zu den Wissenden machen und uns, die Nichtwissenden, zu ihrem Publikum.

- Ich habe mehrere Ärzte in meinem Bekanntenkreis, denen vertraue ich.
- Zählt sowas schon zur Selbstinfantilisierung?
- Die Anrufung der Autoritäten?
- Das meine ich.
- Vielleicht. Vielleicht ist es auch eine Art Selbstentmündigung. Lass andere eine Geschichte erzählen, lass andere entscheiden, das macht das Leben einfacher.

- Erzählen wir uns nicht auch unsere Märchen? Schneewittchen und die sieben Zwerge, die böse Königin, das Gift und die wundersame Auferstehung.

Das Thema der Märchenerzählung beschäftigt mich.

Mir ist persönlich kein Todesfall auf Grund einer Covid-19-Infektion bekannt, weder im Freundes- und Bekanntenkreis noch in der näheren oder ferneren Verwandtschaft. Wenn ich andere danach frage, erhalte ich meist die Antwort, dass es ihnen auch so gehe. Die Fortsetzung variiert: Dass sie allerdings einen Bekannten hätten, dessen Großvater an Corona verstorben sei … oder die Mutter eines Bekannten … oder der Freund eines Bekannten der Mutter. Eine Kollegin, mit einem Arzt verheiratet, berichtet von einem befreundeten Arzt, Mitte fünfzig, kerngesund, der plötzlich an Corona verstorben sein. Von solchen Fälle höre ich gelegentlich, und nicht selten schwört der Erzähler, der oder die Verstorbene sei zuvor kerngesund gewesen. Ich sehe keinen Grund, ihm nicht zu glauben. Dennoch, es bleiben Fragen. Manche aus der Gruppe der „Vulnerablen" sterben an der Infektion mit dem Virus, die meisten nicht. Zugegeben, meine „Evidenz" ist rein anekdotisch. Dennoch: warum kommt es bei so vielen noch nicht einmal zu einem schweren Verlauf, gelegentlich noch nicht einmal zu Symptomen? Haben sie ein so starkes Immunsystem? Und wenn ja: was genau stärkt das Immunsystem, was schwächt es? Ist es am Ende vielleicht die Angst, die das Immunsystem am meisten schwächt? Warum stellt man solche Fragen nicht in den Medien, in der Öffentlichkeit? Und warum eigentlich spricht niemand von Gott? Niemand. Ein Schweigekartell? Was ist so verletzend an der Wahrnehmung der eigenen Verletzlichkeit, der eigenen Abhängigkeit … und letzten Endes der eigenen Sterblichkeit?

Endlich kann ich meine Mutter wieder besuchen. Knapp dreihundert Kilometer. Mit den Öffnungen sind auch die Staus wieder zurück. Als ich nach drei Stunden Fahrt, einem negativen Testergebnis und einer „FFP2"-Maske vor Mund und Nase in den eigens präparierten Raum eintrete, ahne ich, was auf uns zukommen wird. Ich habe meine Hände desinfiziert und setze mich mit Maske vor eine Trennwand aus Plexiglas. Dann öffnet sich eine Tür, und eine Pflegerin führt sie herein. Sie schaut unschlüssig in meine Richtung. Ich lege kurz die Maske ab, die Pflegerin nickt, dann lächelt Mutter. Jetzt erkennt sie mich. Wir sitzen uns gegenüber, und ich sage irgendwelche Dinge aus Verlegenheit.

- Allen geht es gut. Alle kommen gut zurecht, Max im Studium und die Mädels in der Schule.
- Na, dann ist ja gut. Und Britta?
- Auch gut. Alle sind gesund.
- Das ist die Hauptsache.
- Das Wetter ist so schön. Dürft Ihr raus?
- Ja, natürlich. Aber immer nur bis zur Bank unter den Bäumen. Es muss jemand vom Personal mitgehen. Das passt nicht immer.
- Schade.
- Macht nichts. Mir geht's gut. Mach Dir keine Gedanken.

(Das hat sie schon immer gesagt, genauso.)

- Habt Ihr auch ein bisschen Abwechslung?

Sie lacht. Man könnte es für Ironie halten.

- Ich sitze mit den Frauen zusammen. Wenn die Pfarrerin kommt, gehe ich hin. Einmal die Woche.
- Und das Essen? Ist es gut?

- Ja, gut.
- Was gab's denn heute?
- Kartoffeln und Fleisch.

Ich nicke.

Die Besuchszeit ist um, und die Pflegerin kommt herein, um Mutter wieder abzuholen. Die Brust zieht sich mir zusammen, meine Augen weichen nicht von ihrem Gesicht, ich möchte ihr noch etwas Liebe mitgeben, doch ich weiß nicht wie. Ich möchte vor Kummer ersticken, als sie vom Alter gebeugt und mit einem letzten verlegenen Gruß der Hand durch die Tür verschwindet. Ich ziehe die Maske wieder an und verlasse das Gebäude. Wie betäubt setze ich mich ins Auto. Noch erkennt sie mich. Wo ist die Person, die einmal geduldig wartete, bis ich mit genau diesem Wagen zweimal im Jahr auf den Hof vor ihrem Haus fuhr, (nur zweimal im Jahr, weil ich damals fast siebenhundert Kilometer entfernt wohnte), die mich mit den immer selben Worten begrüßte und umarmte und immer ein warmes Essen bereitet hatte, die sich geduldig nach dem Rest der Familie erkundigte, oder – wenn die Kinder dabei waren – ihnen als erstes den Berg Spielzeug zeigte oder irgendwelche neuen Sachen, die es zu entdecken galt, die sich wochenlang auf diese wenigen Besuche gefreut und bei jedem Anruf ihrer Vorfreude Ausdruck verliehen hatte, die nach dem Tod meines Vaters einsam und allein in diesem viel zu großen Haus ausgeharrt hatte, weil sie keine Alternative sah, weil sie vielleicht glaubte, das große Haus und den großen Garten für die Besuche ihrer Kinder und Enkelkinder vorhalten zu müssen, weil sie vielleicht genau darin noch eine Aufgabe für sich sah … oder weil das Alter nun mal grausam sein kann. Ja, es stimmt, sie war nicht nur allein, es gab auch noch die Verwandtschaft im Dorf, die Nachbarn, die alten Bekannten, und natürlich waren da auch meine Geschwister mit ihren Kindern. Doch das ändert nichts an meinem schlechten Gewissen. Und an meiner Verzweiflung über das, was aus ihr geworden ist, über ihre Erkrankung, über das Faktum ihres Abgeschobenseins ins Pflegeheim. Sie hatte uns vorgespielt, alleine klarzukommen, sie hatte die Zähne zusammengebissen, das hatte sie ihr ganzes Leben lang so gemacht, das steckte in dem kleinen Bauernmädchen drin, das sich einmal zäh und intelligent in der Schule hervorgetan hatte, wegen guter Leistungen ins Internat gesteckt wurde, sich in den Wirren der letzten Kriegsmonate allein nach Hause durchschlagen musste, wenige Jahre später meinen Vater heiratete, den man als Jugendlichen in die Uniform gesteckt hatte, der Schreckliches hatte durchmachen müssen, bis er sich aus der jugoslawischen Gefangenschaft wieder nach Hause durchschlug, an Leib und Seele verletzt, ausgezehrt, mehr tot als lebendig ... Mit dem sie diese Familie gegründet und dieses Geschäft aufgebaut hatte, immer nur arbeiten, immer hieß es keine Zeit. Und dann verlässt er sie mit achtundsiebzig, und sie hält noch mal siebzehn Jahre durch, in diesem viel zu großen Haus mit diesem viel zu großen Garten.

„Nur manchmal schiebt der Vorhang der Pupille/ sich lautlos auf –. Dann geht ein Bild hinein,/ geht durch der Glieder angespannte Stille – /und hört im Herzen auf zu sein."

Hat man uns vielleicht alle ins Pflegeheim gesteckt, ein ganzes Volk? Vater im Himmel, was haben wir angerichtet, dass wir so bestraft werden? Es muss etwas Monströses sein. Sind wir Menschen denn zu Monstern geworden?

Der Sommer bringt weiter fallende Infektionszahlen. Urlaub an der französischen Atlantikküste: es ist wie ein Ventil für all die erduldeten Einschränkungen, Verbote und Gängelungen. Ein Freiheitsfenster von zwei Wochen tut sich auf. Schon die Fahrt über die Grenze, ohne dass man uns Testnachweise abverlangt, ist ein kleines Stück alter Normalität … Doch tief im Innern weiß ich, dass es zu dieser Normalität so rasch kein Zurück mehr geben wird, vielleicht niemals mehr. Die alte Normalität gehört der Vergangenheit an, ist Geschichte, Nostalgie. Und auch wenn sich das Virus eines Tages totlaufen wird (niemand kann sagen, wann dieser Tag kommt, doch er wird kommen), dann wird es kein Zurück mehr geben. Ein Himalaya aus Einschränkungen, Verboten und Gängelungen, aus Anmaßungen, Tabubrüchen und Willkür auf der einen Seite, aus Verletzungen, Trotz und Resignation auf der anderen Seite wird zwischen dem Prä und dem Post, dem Gestern und dem Heute und Morgen stehen.

So sehr wir die Autofahrt genießen: bereits das Hotel, in dem wir eine Übernachtung gebucht haben, weil uns die Stecke non stop zu weit erscheint, wirkt trist und seelenlos. Hygienevorschriften und Abstandsgebot auch hier. Markierungen am Boden, Masken an der Rezeption, scheue

Blicke beim Frühstücksbüffet. Im Feriendorf ist der Empfang herzlich, man lässt sich nichts anmerken, doch auch hier dieselbe Traurigkeit, dieselbe Resignation: Wird es dieses Feriendorf nächstes Jahr noch geben?

Die Fallzahlen steigen wieder an, mitten in den Ferien. Nicht steil, doch stetig. Gerade hier in den Ferienorten. Im Supermarkt passiert es: Du hast die Maske nicht über die Nase gezogen, der Geschäftsführer interveniert, er droht mit einem Hausverbot, wenn du das nicht sofort korrigierst. Die Nerven liegen blank, was wir zunächst gar nicht wahrgenommen hatten, gar nicht wahrnehmen konnten, denn wir sind als zahlende Gäste willkommen. Doch die Geschäfte gehen schlecht. Was wird passieren, wenn die Fallzahlen wieder steil nach oben gehen und die Gäste ausbleiben?

Wir atmen durch, wir haben nur diese beiden Wochen, wir sind am Meer und in Frankreich, wir trinken Rotwein, wir essen Baguette und Käse, und wir schlendern mit unseren Masken durch die kleinen Geschäfte. Zurück fahren wir non stop, fühlen uns wie Illegale, meiden die großen Grenzübergänge und überqueren den Rhein bei Rastatt, bei Nacht und Nebel. Niemand kontrolliert uns, niemand nötigt uns einen Test ab. Nach Mitternacht sind wir wieder zu Hause.

Was ist mit uns passiert? Was ist nur in uns gefahren, dass wir diese Ängste vor einem Big Brother bekommen haben, was geben wir unseren Kinder weiter?

Das Team hat Verstärkung bekommen. Christina, eine Gastwissenschaftlerin aus Spanien mit deutschem Pass, wird – mit Unterbrechungen – zwei Jahre unsere Forschungen begleiten und nebenbei an einem eigenen Projekt arbeiten. Ich stelle mich, unbewusst, auf eine längere Pandemie ein, die Fallzahlen gehen diesen Herbst wieder steil nach oben. Vielleicht sollte ich mir überlegen, den Dachspitz endlich nutzbar zu machen, wir brauchen noch ein Arbeitszimmer, sollte es wieder zu Schulschließungen kommen. Jeder von uns sollte sich mehrere Stunden am Tag für Videokonferenzen isolieren können, ich muss mir etwas einfallen lassen. Der Dachspitz ist eine offene Galerie, wurde bisher als Speicher genutzt, doch es liegt bereits ein Teppichboden. Wenn ich ein Dachschrägenfenster einbauen lasse und eine Trockenwand zur Treppe hin einziehe, könnte das ein vollwertiges weiteres Zimmer werden. Der Plan wird unverzüglich in Angriff genommen. Als erstes kommt das Dachfenster, das macht ein Zimmermann aus dem Nachbarort. Dann hole ich mir gehobelte Bretter aus dem Baumarkt und beginne mit dem Aufbau einer Wand. Eine willkommene Abwechslung an den langen Wochenenden in diesem tristen Herbst.

Am dreizehnten Dezember kommt der harte Lockdown.

Der Unterricht in der zwölften Klasse an einer Großstadtschule und die dort behandelte Lektüre faszinieren mich. Ich habe mir das Büchlein bestellt, *Maestro*, von Xavier-Laurent Petit, es geht um das Aufeinandertreffen zweier Welten. Der Roman erzählt die Geschichte eines Orchesters für Straßenkinder in einem nicht benannten lateinamerikanischen Land. Im Zentrum steht der vierzehnjährige Saturnino, der sich, seine kleine Schwester Luzia und den behinderten Freund Patte-Folle mit Schuhputzen durchbringt. Diese Parias der Gesellschaft haben kein Dach über dem Kopf, die Nacht verbringen sie in wechselnden Schlupflöchern, immer verfolgt von den *macacos*, den brutalen Polizisten des Diktators Ayanas. Eines Tages spricht sie ein gepflegter älterer Herr an. Er behauptet, er sei Dirigent und läd sie zu sich nach Hause ein.

Ich zügele meine Neugier, hebe mir den zweiten Teil der Doppelstunde für später auf. Unser Datencorpus ist enorm, über siebzig Unterrichtsstunden an verschiedensten Schulen in mehreren Bundesländern. Ich will zunächst weiter *sampeln*, so nennt man das im Fachjargon, weitersuchen nach Kontrastfällen. Maestro und die zwölfte Klasse laufen mir nicht davon.

4

Lieber alleine klarkommen?

Das Bild aus der rückwärtigen Kamera zeigt eine weibliche Person mittleren Alters auf einer Tischkante sitzend. Sie hält ihren linken Fuß unter das rechte Knie und ihre rechte Hand auf dem linken Handgelenk über dem Schoß. Der Kopf ist leicht nach vorne gebeugt und zur Seite gewendet. Sie blickt auf eine seitlich vor ihr sitzende Gruppe von drei Mädchen und einem Jungen. Der Junge sitzt in der ersten Reihe neben einem Mädchen, das die rechte Hand hebt. Von den beiden dahinter sitzenden Mädchen blickt die rechte vor sich nach unten, die linke geradeaus. Der Junge hat den Kopf nach halbrechts zu seiner Nebensitzerin gewendet.

Aus der vorderen Kamera zeigt das Bild die Vierergruppe der Jugendlichen, zusätzlich aber noch einen weiteren im linken Hintergrund sitzenden Jugendlichen, der nach vorne schaut. In der Bildmitte ist ein Junge abgebildet, der den Kopf auf den rechten Arm bzw. die rechte Hand abstützt und die Augen geschlossen hält. Die Finger der rechten Hand, auf der die Wange aufliegt, zeigen nach unten. Der linke Arm ruht angewinkelt auf dem Tisch. Seine Nebensitzerin blickt nach vorne, hält den rechten Unterarm angewinkelt, so dass sie das Kinn auf den rechten ausgestreckten Daumen und die eingerollten Finger stützen kann, und den linken Arm ausgestreckt nach vorne. Die linke Hand ist bandagiert und ruht auf einem Mäppchen. Die Beine sind überschlagen.

Hinter ihnen sitzt eine Jugendliche, die mit gesenktem Kopf nach vorne unten blickt, während ihre Arme angewinkelt auf dem Tisch ruhen. Neben dieser sitzt eine Jugendliche in einem Mantel, die nach vorne blickt und dabei den Kopf leicht zur Seite neigt. Die Arme sind eng vor dem Körper überkreuzt, die Beine stehen dicht beieinander. Auf allen Tischen liegen Bücher und Schreibutensilien.

Unter Einbeziehung der Kontextinformationen ergibt sich folgende Deutung:

Frau B. hat sich zu Beginn des Unterrichtsgesprächs auf ihren Tisch gesetzt und wartet auf eine Reaktion auf ihre Frage. Paula meldet sich mit der Hand, Justus schaut sie dabei an, Marina blickt auf Frau B. und Jennifer auf ihr

Handy. Im weiteren Verlauf des Gesprächs, während Frau B. auf dem Aspekt des Hilfeabweisens insistiert, blicken Paula und Marina nach vorne, Paula direkt in Richtung Frau B.s, während Marina den Kopf von Frau B. abwendet und nur mit den Augen bei ihr bleibt. Jennifer blickt nach unten auf ihr Handy, während Justus eine Art Schlafposition eingenommen hat.

Zu Beginn des Unterrichtsgesprächs setzt Frau B. durch eine Veränderung ihrer Raumposition und ihrer Köpersprache einen zusätzlichen Impuls, nachdem sie zuvor bereits durch den Wechsel ins Deutsche anzeigte, dass jetzt eine Unterrichtsphase beginnt, die sich von den anderen Unterrichtsphasen deutlich unterscheidet. Sie setzt sich dazu auf die Tischkante, schlägt die Beine und die Hände übereinander und spricht mit leiser Stimme. Das szenische Bild zeigt, dass sich die Vierergruppe Justus, Paula, Marina und Jennifer wieder in zwei Paargruppen aufgelöst hat und die Interaktionen jetzt wieder von den Schülern zur Lehrperson verlaufen. Paula meldet sich auf Frau B.s Frage hin, adressiert dabei nur Frau B., und Frau B. interagiert in diesem Moment auch nur mit ihr, während Justus von der Seite und Marina von hinten zuschauen und Jennifer nach wie vor auf ihr Handy schaut.

Im weiteren Gesprächsverlauf verändert sich die Choreografie dahingehend, dass die anfängliche Bezugnahme von Justus auf Paula stellenweise einem isolierten Nebeneinander weicht, was sich an Justus Schlafhaltung zeigt. Die beiden Körper sitzen wie Statuen nebeneinander, nur Paula adressiert mit ihrer Blickrichtung noch Frau B. Beide stützen ihre Köpfe ab, Paula nachdenklich und Justus ausruhend. An der geringen Bezogenheit von Marina auf Jennifer und umgekehrt hat sich dagegen nichts geändert. Marina verfolgt weiterhin das Unterrichtsgespräch, Jennifer schaut weiterhin auf ihr Handy.

Welche Themen bearbeitet Frau B. in dieser Sequenz? Im Lektionstext des Lehrbuchs werden mehrere Themen angeboten. An der Oberfläche handelt es sich um das Thema Mobbing in der Schule, die Tiefenstruktur beinhaltet dagegen weitere Auswahlentscheidungen des Lehrbuchteams. Das Mobbing geht von einem heimlich in der Umkleidekabine gemachten Foto aus, das Yassine mit in den Händen vergrabenem Gesicht zeigt. Alle männlichen Jugendlichen spielen zusammen in der Handballmannschaft der Schule. Das Lehrbuchteam hat sich dafür entschieden, die Opferrolle Yassine zuzuweisen. Von ihm ist aus der ersten Lektion bekannt, dass er eine bestimmte ethnische Zugehörigkeit (Nordafrikaner) vertritt, mit Nachnamen Khélif heißt und dreizehn Jahre alt ist. Yassine gehört zu den Hauptpersonen des Lehrbuchs. Die Helferrolle wurde Célia zugewiesen, einer weiteren Hauptperson des Lehrbuchs. Sie heißt mit vollem Namen Célia Konaté und ist schwarzafrikanischer Herkunft. Die Täterrolle nehmen zwei weiße (Kylian und Matteo) und ein dunkelhäutiger Junge (Julien) ein. Von ihnen ist nichts bekannt, außer dass Kylian heimlich das Foto von Yassine in der Umkleidekabine gemacht hat. Täter, Opfer und Opferhelfer sind keine zufälligen Rollenzuweisungen, sondern entsprechen einem pädagogischen Konzept. Ein weiterer Aspekt ist die aktive Einmischung einer Jugendlichen in das Problemlöseverhalten eines Klassenkameraden sowie dessen damit verbundene Reaktion. Auch das Thema digitale Medien ist präsent, denn die Mobbing-Handlung wird per Foto in einem sozialen Netzwerk initiiert und auf dem Pausenhof verbal fortgesetzt.

Aus diesem vierfachen Normen-Komplex (Mobbing, soziale Rollenzuweisungen, soziale Netzwerke, soziale Problemlöseinteraktion) wählt Frau B. einen Aspekt aus, nämlich die Problemlöseinteraktion zwischen Célia und

Yassine. Mit dieser Auswahlentscheidung ist die Zurückweisung anderer Themen verbunden. Die von Frau B. fokussierte Interaktion hat zwei Aspekte, das Unterstützungsangebot Célias und die Abweisung dieses Angebots. Bereits das Unterstützungsangebot ließe sich kontrovers diskutieren: Ist es sinnvoll, sich in die privaten Angelegenheiten eines Mitschülers einzumischen? Was könnte das Motiv für diese Einmischung sein? Frau B. zentriert diese Interaktion jedoch ausschließlich auf Yassines Abweisung eines Unterstützungsangebots und fordert durch mehrmaliges Nachfragen dazu auf, Yassines Reaktion zu kommentieren („Lieber alleine klarkommen"). Ihre Nachfragen sind suggestiv, sie suggerieren, dass das Nichtannehmen einer angebotenen Hilfe verletzend sein könnte. Am Ende lenkt Frau B. den Fokus sogar allgemein auf die Gefühle derjenigen, deren Hilfe abgewiesen wird und verschiebt den Fokus von Yassines Gemobbtwerden auf Célias möglicherweise auf Grund der Abweisung verletzte Gefühle. Im Klassengespräch gehen Anna und Paula auf diese Themenverschiebung nicht ein. Sie würdigen zwar Célias Unterstützungsangebot, beharren jedoch auf der Freiheit, autonom zu entscheiden, ob man eine angebotene Hilfe annimmt oder nicht, und keine Verantwortung für die

Gefühle derjenigen Person zu übernehmen, deren Unterstützung man abgelehnt hat. Frau B. kommt an der Stelle mit ihrer Deutungssuggestion nicht weiter und wechselt relativ abrupt das Thema.

Bemerkenswert erscheint, dass Frau B. dieses inhaltliche Gespräch auf Deutsch initiiert, nachdem sie sich in der ersten Stunde ausschließlich am Abarbeiten einer Abfolge von Übungen auf Französisch orientierte und auch nach dem Unterrichtsgespräch auf Deutsch sofort wieder zu diesem Skript zurückkehrt. Das Unterrichtsgespräch auf Deutsch wirkt dadurch wie ein Fremdkörper im Unterrichtsverlauf. Diese Fremdheit wird offenbar auch von den Schülern so erfahren, denn außer Paula und Anna kommt es zu keinerlei Wortmeldungen. Justus schaut unter sich oder schließt ganz die Augen, Marina wendet den Kopf zur Seite und blickt nur indirekt aus den Augenwinkeln in Richtung Frau B.s, Jennifer schaut auf ihr Handy. Die Schüler wirken auf alle Fälle nicht engagiert, sie entziehen sich. Diese körperlich manifestierten Verweigerungshandlungen verweisen auf die stumme Ablehnung des von Frau B. aufgedrängten Themas. Die lebensweltlichen Themen, die im Lektionstext enthalten sind wie Migration, Mobbing oder soziale Netzwerke, werden von Frau B. nicht aufgegriffen. Spekulativ lässt sich fragen, ob die Schüler überhaupt auf diese Themen eingehen würden, da sich ihre Ablehnungsgesten generell auf die Gesprächssteuerung durch Frau B. sowie die Rahmung von Themen durch das Lehrwerk zu richten scheinen. Da Frau B. in ihren Gesprächspropositionen allgemein bleibt, statt die Schüler direkt zu fragen, ob sie zum Beispiel schon einmal in einen Mobbing-Fall verwickelt waren, verläuft sich das Thema im Unverbindlichen.

Aus dem vierfachen Normen-Komplex (vulnerable Gruppen, Lebenschancen von Kindern und Jugendlichen, soziales Miteinander, wirtschaftliche Existenz von Betrieben und Geschäften) wählt die Regierung einen Aspekt aus, nämlich die Gefährdung vulnerabler Gruppen. Mit dieser Auswahlentscheidung ist die Zurückweisung anderer Aspekte verbunden: Lerndefizite bei Kindern und Jugendlichen, Alkoholismus, Vereinsamung, Gewalt in Familien, Betriebs- und Geschäftsschließungen. Immer wieder wandern meine Gedanken vom Unterricht zur Politik und von der Politik zum Unterricht. Ich muss mich konzentrieren, muss meine Analysen des Unterrichts im

Blick behalten. Auch wenn die Zeit plötzlich gedehnt erscheint, so hebt diese Dehnung nicht die zeitliche Befristung der Mittelzuweisung für das Projekt auf: drei Jahre. Die Hälfte davon ist schon um.

Isoliertes Nebeneinander. Trifft es das? Die Schüler machen einfach ihren Job. Alle machen ihren Job, auch ich mache meinen Job. Vielleicht habe ich mir irgendwann einmal Illusionen gemacht, wenn man jung ist, neigt man dazu, sich Illusionen zu machen, glaubt noch an die Wissenschaft, an den Fortschritt, an die Zukunft. Jetzt steht wieder eine Illusion im Raum, die Impfillusion. Mit dem neuen Jahr sind sie plötzlich da, die versprochenen Impfstoffe. Bis vor kurzem habe ich mich damit noch gar nicht beschäftigt, jetzt rückt die neue Realität näher. Ich weiß nicht, was da auf uns zukommt. Bis vor kurzem waren wir vor dem Virus alle gleich, alle saßen im gleichen Boot, das Virus als großer Gleichmacher, nur die Masken spalteten. Jetzt berichten die Medien von Impfungen, in allen möglichen Ländern, da kommt etwas, da baut sich etwas auf. Wie vor einem Tsunami ist es einen Moment lang still, das Meer scheint sich für einen Moment zurückgezogen zu haben, bevor es wieder kommt ... als gigantische Flutwelle. Mir ist mulmig. Ich lese von ersten Todesfällen nach einer

Impfung, besonders tragisch der Fall einer Krankenschwester in Portugal. Ich beschließe, mich zu informieren.

Wir besorgen uns das Buch von Clemens Arvay. Ich lese erstmals von Vektorimpfstoffen und von Teleskopierung. Wieder eine neue Vokabel, mein Wortschatz scheint sich von Tag zu Tag zu erweitern. Teleskopierung, das Wort wirkt harmlos. Ich kenne Teleskope als optische Instrumente, um den Weltraum zu erforschen, das berühmte Hubble-Teleskop fällt mir ein. Das klingt beruhigend. Auch Teleskop-Arme fallen mir ein und Teleskop-Wanderstöcke. Doch was ich bei Arvay über die sogenannte Teleskopierung lese, klingt wenig beruhigend: Verfahrensschritte bei der Impfstoffentwicklung werden verkürzt, in dem man sie ineinanderschiebt, das heißt, es wird bereits mit dem nächsten Schritt begonnen, bevor der vorherige abschließend ausgewertet wurde. Dabei können gerade bei der Impfstoffentwicklung nachteilige Wirkungen unter Umständen erst mit Zeitverzögerung sichtbar werden. Aus diesem Grund dauert die Impfstoffentwicklung normalerweise mehrere Jahre. Normalerweise. Jetzt verkürzt man diese Spanne auf unter ein Jahr.

Der Impftsunami ist nicht mehr aufzuhalten. Ende März haben sich in Deutschland bereits zehn Millionen Menschen impfen lassen. Ich bleibe skeptisch. Als Kind wurde ich gegen Kinderlähmung und Pocken geimpft, man fragte mich gar nicht. Eine solche Impfung hält ein Leben lang. Das ist das, was ich unter einer Impfung verstehe. Jetzt sagt man den Menschen, dass die Impfung nur ein paar Monate vorhält, dann müsse man sie erneuern. Ist das eine Impfung? Kann man da überhaupt von Immunisierung sprechen? Und möchte ich eine mögliche (denkbare? unwahrscheinliche?) gentechnische Veränderung, die (denkbare? unwahrscheinliche?) Möglichkeit einer Veränderung der DNA bei mir zulassen? Möchte ich überhaupt zulassen, dass man in meinen Körper eingreift? „Jeder hat das Recht auf Leben und körperliche Unversehrtheit. Die Freiheit der Person ist unverletzlich."

Larissa und Marcus lassen sich impfen, Dario, Christina und ich nicht. Larissa und Marcus sprechen darüber, wenn man sie darauf anspricht. Angst hat angeblich keiner, doch man will endlich wieder reisen, man hat Freunde, die Ärzte sind und einfach besser Bescheid wissen, und die alle dringend zur Impfung raten, man will keine beruflichen Nachteile haben ... Es gibt tausend Gründe für die Impfung, und nur wenige dagegen.

- Bist du etwa Impfgegner?
- Nein, aber gegen diese spezielle Impfung bin ich schon.
- Glaubst du denn diese Verschwörungstheorien?
- Nein, natürlich nicht. Aber ich möchte selbst über meinen Körper bestimmen.
- Wir müssen doch das Virus besiegen!

So geht es hin und her. Wenn man überhaupt darüber spricht.

Ende März kommt das Virus in die Familie. Mein Sohn hat es mitgebracht, er wollte nur ein paar Tage zu Hause verbringen, es werden zwei Wochen. Er steckt seine Schwestern an, dann seine Mutter, dann mich. Ihn und eine der beiden Mädels erwischt es heftiger, die anderen weniger. Am Freitagnachmittag fühle ich mich plötzlich sehr schlapp, lege mich ins Bett und döse ein wenig. Gegen zwanzig Uhr werde ich wieder wach, habe rasende Kopfschmerzen, ich, der ich kein Kopfwehtyp bin. So geht es bis nach

Mitternacht, dann, schlagartig, klingen die Kopfschmerzen wieder ab und ich schlafe den Rest der Nacht durch. Am nächsten Tag habe ich noch leichte Gliederschmerzen, leichtes Halsweh, fühle mich schlapp und erschöpft, doch das war's. Sonntag noch ausruhen, am Montag bin ich wieder im Homeoffice. Ich arbeite die nächsten Tage etwas weniger als üblich, versuche, mich so weit wie möglich zu schonen. Ich bin froh und glücklich. Lieber Gott, ich danke Dir.

„Fürchtet euch nicht, ihr Nachkommen von Jakob, meine Diener! Denn ich, der Herr, bin bei euch, um euch zu helfen!"

Es ist keine Impfung gegen das Virus, sondern eine Impfung gegen die Angst vor dem Virus. Ich verstehe die Angst der Menschen. Man hat ihnen Angst gemacht, man hat furchteinflößende Bilder gezeigt, aus Bergamo, aus Madrid, man zeigt ständig neue alarmierende Statistiken. Wer Angst hat, ist gefügig. Man wird uns impfen, alle, mit allen Mitteln. Ich flüchte mich in die Vergangenheit und verbringe neuerdings abends, vor dem Schlafen, Zeit damit, auf dem Smartphone Songs der Siebziger zu hören,

Liveaufnahmen meiner damaligen Idole, Creedence Clearwater Revival, Lynyrd Skynyrd. Es ist eine längst untergegangene Welt, in jeder Hinsicht. Die Menschen in den großen Hallen und den großen Freiluftkonzerten sahen völlig anders aus, sie kleideten sich anders, bewegten sich anders, lachten anders … Dann stoße ich auf soeben aufgenommene YouTube-Videos, die den mittlerweile Mitte Siebzigjährigen John Fogerty zeigen, wie er mit seinen Kindern Musik macht, auf seiner Ranch, draußen unter einem Baum oder drinnen im Tonstudio. Er singt mit seiner hellen Stimme wie ein erstaunlich jung gebliebener Barde, überglücklich, dass ihm seine alten Songs wieder gehören, ein Gericht hat es so entschieden, jetzt ist er nur noch glücklich und singt und spielt Gitarre, was das Zeug hält. Er singt gegen die Pandemie an, gegen die Einsamkeit der Menschen in der Pandemie, er singt gegen das Vergessen und Vergehen, kein Idol mehr, aber ein rührender Zeitgenosse. Ronnie Van Zant und Steve Gaines von Lynyrd Skynyrd starben ganz jung, mit neunundzwanzig und achtundzwanzig Jahren, als die Band mit dem Flugzeug abstürzte, die Überlebenden zerstreuten sich. Ronnie van Zant war so etwas wie der Frontmann der Band, er war es auch, der entschieden hatte, die alte und eigentlich ausgemusterte Convair ein letztes Mal für diesen Charterflug zu nehmen, und die anderen waren ihm gefolgt, einige hatten sogar ursprünglich alternative Reisegelegenheiten gebucht, waren dann aber in letzter Minute umgeschwenkt. Diese Leute waren alle kurz nach dem Ende des Zweiten Weltkrieg geboren, hatten jung Erfolg, heirateten mit neunzehn, zwanzig, zweiundzwanzig, hatten sehr jung schon Kinder, trennten sich wieder von ihren Frauen, heirateten erneut, und so weiter. Ronnie van Zant und Steve Gaines wären jetzt Anfang siebzig.

Ich bin Mitte sechzig.

Lord I'm coming home to you. Der Flugzeugabsturz beschäftigt mich noch eine ganze Weile, ich kann selbst nicht genau sagen, warum. Ist es das jähe Ende dieser Kultband, das tragisch kurze Leben von Ronnie van Zant, Steve und seiner Schwester Cassie Gaines, das Absinken einiger Überlebender in Drogen und Alkoholismus? Ich google die Biographie jedes einzelnen Bandmitglieds, versetze mich in das Zusammenfinden der Band und die Akquise neuer Mitglieder, rekonstruiere die Entstehung der großen Hits *Free Bird*, *Simple Man* und *Sweet Home Alabama* (dessen eingängiger Refrain ist ein Ohrwurm: *Sweet Home Alabama*, *where the skys are so blue, sweet Home Alabama, Lord I'm coming home to you)*, und auf einmal finde ich einen Anknüpfungspunkt. Es sind die beiden Jahre dreiundsiebzig bis fünfundsiebzig, die Jahre, als ich als Pennäler und Discobesucher samstagnachts in der einzigen Disco weit und breit diese Musik hörte und einen zarten, doch langanhaltenden Traum zu hegen begann. In diesem Traum malte ich mir mein Amerika aus, ein Amerika, das nirgendwo existierte – außer im meinem Traum. Vielleicht habe ich nie aufgehört, von einer Freiheit zu träumen, die in *Free Bird*, *Simple Man* und *Sweet Home Alabama* ihren Ursprung fand und die mich auf irgendeine verschlungene Art und Weise zum Abweichler werden ließ. Vielleicht geht mein Widerstand gegen die „Maßnahmen" und gegen das Impfen auf diese frühe Träumerei zurück, wer weiß.

Das Gebiet war sumpfig und unwegsam, die Suchtrupps drangen nur mühsam zur Absturzstelle vor. Manche Fahrzeuge blieben im Schlamm stecken. Die ersten Eindrücke müssen fürchterlich gewesen sein: Die zerfetzte Maschine ließ keinen Zweifel am Schicksal ihrer Insassen, manche waren aus der aufgerissenen Hülle herausgeschleudert worden und lagen neben oder unter der Maschine. Es heißt, die Bewohner der Gegend hätten alles Erdenkliche getan, um Überlebende zu retten, mit ihren Traktoren und ihren Pickups brachten sie sie in die umliegenden Krankenhäuser. Heute erinnert angeblich eine Eiche mit den eingeschnitzten Konterfeis der Bandmitglieder an den Absturz. Noch immer, heißt es, kommen regelmäßig Fans, Retter und Überlebende an die Stelle.

Lord I'm coming home to you.

Wie ein Dammbruch. Die Menschen stürmen die Impfzentren und die Hausarztpraxen, lange Schlangen winden sich um die Ecken, jeder will sie jetzt haben. Einige mogeln sich in der Impfreihenfolge nach vorne, andere zeigen stolz ihren Oberarm mit dem Einstich (oder den Einstichen: „Schaut her, ich bin schon geimpft und geboostert", „Ich hab sogar schon zwei Booster"). Man ist guter Laune, man klopft sich auf die Brust, gemeinsam wird man das Virus besiegen. Die Regierung, die Medien, die Firmen startet PR-Kampagnen: Schütze dich und deine Liebsten, Impfen rettet Leben, Nur ein Piks, … Hol dir den

Piks, … Wir lieben Impfen … : So redet man doch mit Kindern. Da ist sie wieder, die Infantilisierung.

„Mit einem Dach und seinem Schatten dreht/ sich eine kleine Weile der Bestand/ von bunten Pferden, alle aus dem Land,/ das lange zögert, eh es untergeht./ Zwar manche sind an Wagen angespannt,/ doch alle haben Mut in ihren Mienen; /ein böser roter Löwe geht mit ihnen/ und dann und wann ein weißer Elefant."

Ein Land, das lange zögert, eh es untergeht … Rilke wusste Bescheid, er wusste um die Macht der alten Märchenwelt. „Der Kampf gegen die Corona-Pandemie geht in die entscheidende Phase", liest man in der Presse. Wenn nur die Impfunwilligen nicht wären, der böse rote Löwe. Aber man wird sie kriegen, man wird ihnen das Leben schwer machen. (Darin hat man in diesem Land Erfahrung.)

Im Juni erreicht uns eine Information aus den Vereinigten Staaten, nur eine Notiz, sie wird vom RKI und den Medien klein gehalten: Studien haben nachgewiesen, dass die Impfungen zwar vor schweren Verläufen schützen können, nicht jedoch vor Ansteckung und Transmission.

- Das heißt, wer sich impfen lässt, schützt die anderen gar nicht?
- Genauso ist es.
- Bleibt noch das Argument mit der Überlastung des Gesundheitswesens durch Ungeimpfte.
- Die hat es bei uns zu keinem Zeitpunkt gegeben.

5

Es zieht mich wieder zurück zur Großstadtschule. Hier sind noch viele Fragen offengeblieben, vor allem in der zwölften Klasse. Dennoch schiebe ich gerade sie vorläufig noch raus, spüre, dass ich mich der Lehrperson zunächst noch einmal von einer anderen Seite nähern muss. Ich brauche eine breitere Vergleichsgrundlage, schaue mir also zunächst die Videos der elften Klasse an.

Nur Stichpunkte.

Frau M. hat die Klasse aufgefordert, Antworten zur Impulsfrage zu geben, die an der Tafel steht; Miray soll die Antworten dann dort hinschreiben. Frau M. nimmt Adnan dran, der das Stichwort *éloigner* (entfernen) nennt. Miray zögert mit dem Schreiben, zeigt Unsicherheit und bittet Adnan um sein Heft, um das Wort vom Heft auf die Tafel übertragen zu können. Die Szene zeigt Miray, wie sie in Adnans Heft schaut, während Frau M. gleichzeitig mit dem

Rest der Klasse der Klasse interagiert, um die Wortbedeutung von *éloigner* zu klären.

Während Frau M. mit dem Klassenplenum interagiert, kommuniziert Adnan mit Miray und hält dabei die beiden Hände seitlich neben den Mund, wie ein Sprachrohr. Ronja kommuniziert lachend quer durch das Klassenzimmer mit Hamit, der sich am Tonaufnahmegerät zu schaffen macht.

Nach der Klärung der Wortbedeutung nimmt Frau M. Elvana dran, die sich gemeldet hat. Frau M. gibt Elvana ein positives Feedback und wendet sich im selben Moment der Tafel zu, wo Miray noch aus Adnans Heft abschreibt. Dabei fast sie sich mit der linken Hand an den Hinterkopf. Was genau Miray schreibt, ist nicht zu erkennen; es handelt sich jedoch um einen vollständigen Satz, nicht nur um einen Stichpunkt.

Frau M. hat jetzt den Platz gewechselt und steht nun links neben Miray ganz dicht an der Tafel. Mit der linken Hand berührt sie die Tafel, während sie Mirays Schrift liest.

Miray begibt sich wieder auf Adnan zu, um ihm sein Heft zu reichen. Adnan hat sich erhoben und nimmt das Heft entgegen, während Frau M. gleichzeitig mit dem

Schwamm an der Tafel steht und Mirays Text wieder wegwischt.

Sowohl Frau M. als auch Adnan stehen jetzt zusammen mit Miray direkt vor der Tafel mit Blickrichtung zur Tafel. Frau M. macht mit der rechten Hand eine Schreibgeste, Adnan schaut zu.

Während sich Bogdana meldet, interagiert Elvana mit Miray per Handzeichen. Sie spreizt Zeige- und Mittelfinger vor ihren Augen und zeigt damit die Tätigkeit des Sehens an. Miray bewegt sich lachend auf Ronja zu, um ihr das Schwammtuch zu übergeben, während Ronja sich erhoben hat und gleichzeitig auf sie zugeht.

Die Analyse der zweiten Sequenz fördert zunehmende Koordinationsprobleme bei der fachlichen Bearbeitung zu Tage und zeigt, wie eine klassenöffentliche Schreibleistung an der Tafel mit einer komplexen Klasseninteraktion verschränkt wird. Während Miray den Auftrag hat, Stichpunkte an der Tafel als Antwort auf eine zentrale Fragestellung zu notieren, werden die übrigen Schüler von Frau M. aufgefordert, ihre Hausaufgaben vorzulesen, die weitere Stichpunkt liefern sollen. Das heißt, im Übungsszenario ist neben der Bewältigung des Schreibens an der Tafel durch Miray bereits eine parallele Vorleseleistung der übrigen Schüler aus dem Heft enthalten sowie eine Verstehensleistung bezogen auf das Vorgelesene und eine Worterklärungsleistung im Anschluss an das Vorlesen. Während sich an der Tafel Mirays Koordinationsleistung bei der Herstellung der geplanten Textsorte „Stichpunkte auf Französisch" abspielt, ist Frau M. bemüht, die Aktivitäten der anderen mit diesem Auftrag in Einklang zu bringen. Frau M. hat Miray den Platz an der Tafel freigegeben, sie vertraut also zunächst darauf, dass Miray ihren Auftrag den Anweisungen entsprechend erfüllt. Frau M.s eigene parallele Koordinationsleistung wird jedoch durch Schüleraktivitäten in multiplen Kontexturen teilweise unterlaufen: Zweiergespräche, Späße, Heischen nach Aufmerksamkeit, Clownerien etc., aber auch Unterstützungsangebote an Miray durch Adnan und Elvana. Auch Adnans und Elvanas Handlungen sind wie die Frau M.s an der Bearbeitung der Sache orientiert, allerdings sind es zwei verschiedene Sachen: Frau M. koordiniert (zunächst) die Vorlese- und Worterklärungsübung im Plenum, Adnan und Elvana bearbeiten Mirays Schreibübung an der Tafel.

Beide Lernräume funktionieren phasenweise parallel und simultan, jedoch unabhängig voneinander. Die Koordination der parallelen fachlichen Leistungen in der Klasse mit Mirays Schreibleistung gelingt offensichtlich nicht, denn wie sich herausstellt, erfüllt Miray auch nicht den von Frau M. ausgegebenen Auftrag: Mirays Schreibaktivität wird von Frau M. unterbrochen, als diese eine Abweichung vom Schreibauftrag „Stichpunkte" entdeckt: Miray hat statt Stichpunkte einen ganzen Satz geschrieben. Frau M. unterbricht daraufhin die Klasseninteraktion und wendet sich der Korrektur der Schreibleistung an der Tafel zu, indem sie Mirays Satz wieder vollständig wegwischt. Offenbar hält sie das Problem auf Basis des bereits Geschriebenen für irreparabel bzw. nur durch einen völligen Neuanfang zu beheben. Überraschenderweise wird Adnan erneut einbezogen und bildet jetzt eine Dreiergruppe mit Miray und Frau M. Nunmehr kommt es wiederum zu einer Separierung und Isolierung der beiden Lernräume, denn während sich Miray an der Tafel bis dahin selbst überlassen wurde, werden sich jetzt die anderen Schüler selbst überlassen. Die Szene endet in einem Positionswechsel Frau M.s, die sich neben Miray und vor die Tafel postiert hat, so dass sie die Schreibaktivität an der Tafel und die

Klassenraumaktivitäten annähernd simultan überwachen kann. Miray bittet darum, von ihrer Rolle entbunden zu werden, Ronja bietet sich an, die Rolle zu übernehmen und Frau M. willigt ein.

Die ganze Sequenz verläuft in einer locker-entspannten Stimmung. Allerdings ändert sich an der Koordinationsproblematik auch bei Ronja nichts. Auch ihr gelingt es nicht, den Schreibauftrag „Stichpunkte" korrekt auszuführen und auch sie bittet letztendlich um ihre Entbindung von der Aufgabe.

Bemerkenswert ist, dass Frau M. sich einzig und allein an dem Textsortenmerkmal „Stichpunkte" (eines Tafelanschriebs) abarbeitet und dementsprechend Mirays Textproduktion komplett wegwischt. Mirays Leistung wird dadurch entwertet. Das Wegwischen impliziert sogar die völlige Annulierung einer bereits erbrachten Leistung und die Relevantsetzung eines einzigen Merkmals. Dokumentiert sich darin Frau M.s starke Orientierung an einer formalen Ordnung und damit wiederum die Disziplinierung durch die Sache? Diese ist wesentlich komplexer als nur die Einhaltung der formalen Regel „Stichpunkte". Gedankenexperimentell sind Alternativen denkbar: Es hätte vielleicht genügt, Mirays

Satz gekürzt weiterzuverwenden; Frau M. hätte sich hier flexibel zeigen, zunächst Mirays Textproduktion semantisch, syntaktisch oder orthographisch würdigen und anschließend weiterbearbeiten können. Die strenge Ordnung an der Tafel scheint für sie jedoch symbolisch für die Ordnung im Klassenzimmer zu stehen. Und um diese Ordnung ist es aus ihrer Perspektive noch nicht gut bestellt. Die von Frau M. eingeforderte und durch ihre persönliche Intervention letztlich realisierte Ordnung an der Tafel führt zu einer ständige Kontrolle durch Lehrerlenkung.

Ist der temporäre und begrenzte Kontrollverlust Frau M.s über das Plenum mit gleichzeitigem Verlust an Rahmungsmacht verbunden? Sind sich die Schüler der Fremdrahmung durch Frau M. und damit auch der übergeordneten Rahmung durch Leistung, Kontrolle, Disziplinierung bewusst? Sicher ist nur, dass Frau M. ein Koordinationsproblem hat (und bearbeitet), welches aus der überstarken Lehrerzentrierung ihres Unterrichts resultiert: Zwei verschiedene Lernräume gleichzeitig im Auge zu behalten und zu kontrollieren gelingt selbst ihr nicht immer.

Diese außerordentliche Lehrerzentrierung zeigt sich auch in Klasse 12, führt dort aber zu weniger

Koordinationsproblemen, weil die Schüler insgesamt mehr ‚eingespielt' (eingespurt? diszipliniert?) auf Frau M.s Kontrolle erscheinen.

Rahmung durch Leistung, Kontrolle und Disziplinierung. Wir werden beurteilt, kontrolliert, diszipliniert. Der Impfstatus wird digital erfasst und per App oder auf Papier protokolliert, er wird durch die 3-G-Regelung kontrolliert, und unsere Handlungen werden dadurch gleichzeitig diszipliniert. Ab dem dreiundzwanzigsten August gilt: ohne 3-G kein Zugang zu Innenräumen öffentlicher Einrichtungen, zu Gaststätten, Krankenhäusern und Pflegeheimen, zum Kino und zum Frisör.

Erstmals seit vielen Jahren verzichten wir auf den Urlaub am Meer. Im Sommer fahren wir sonst immer für zwei Wochen an den Atlantik. Dieses Jahr trauen wir uns nicht mehr, zu sehr verunsichert uns die Schärfe der Maßnahmen. Wird man auch in Frankreich Impfungen oder permanente Test von uns verlangen? Wir können uns zum Glück in die Ferienwohnung im Allgäu zurückziehen, die meine Eltern einmal vor dreißig Jahren gekauft haben. Die meisten haben dieses Glück nicht. Wir wandern und spazieren herum, an ein Einkehren ist nicht zu denken.

Die Unberührbaren sind im indischen Kastensystem die Mitglieder einer der untersten Kasten. Im Internet finden sich zu diesem Thema viele Seiten lange Beiträge. Sie sind trotz de iure Gleichstellung de facto entrechtet. Dem Beitrag des Nachrichtensenders NTV aus dem Jahr zweitausendvierzehn, den man noch im Internet findet, entnehme ich Folgendes: „Die Familien der Opfer sind Dalits, die früher als ‚Unberührbare‘ diffamiert wurden, und bis heute gerade in Nordindien täglich Diskriminierungen ausgesetzt sind. Sie machen etwa siebzehn Prozent der Bevölkerung aus und stehen ganz am unteren Ende von Indiens Kastenwesen, das – vor allem auf dem Land – nach wie vor das Leben bestimmt. Jüngst zeigte eine Studie der Menschenrechtsorganisation *Human Rights Watch*, dass Dalit-Kinder oft ihr eigenes Essgeschirr für die Schulspeisung mitbringen müssen, damit sie nicht von den gleichen Tellern wie andere Kinder essen." Die Ausgrenzung der Dalit hat in Indien eine lange und wechselhafte Geschichte, doch offenbar stellte der Beginn der englischen

Kolonialherrschaft eine Zäsur dar, da sich die Kolonialherren mit den oberen Kasten zusammentaten, um ihre Macht wechselseitig abzusichern. Auch nach dem Ende der Kolonialherrschaft nutzten die herrschenden Kasten die tief verwurzelten Ausgrenzungspraktiken zur Machtsicherung.

Es hat mich überrascht, wie rasant Ungeimpfte zu Unberührbaren geworden sind. Selbst innerhalb der Großfamilie halten die Geimpften Abstand zu den Ungeimpften. Bei Besuchen setzen sie sich ans andere Ende des Tischs, das ergibt dann einen Meter fünfzig Abstand, bei weit geöffnetem Fenster. Es ist kalt im Zimmer, lüften ist immer gut, aber ich habe mal gelernt, Schocklüften sei das Richtige, fünf bis zehn Minuten, damit der Raum nicht völlig auskühlt, auch wegen der Heizkosten. Jetzt bleibt das Fenster während unseres Besuchs die ganze Zeit auf, eine ganze Stunde. Dann wird der andere ungeduldig, er hat noch was vor, man hat ja auch genug geredet, alles ist gesagt, ein andermal reden wir länger, schön, dass wir uns mal wieder gesehen haben, grüß die Kinder von mir. Die innerfamiliäre Kommunikation, auch die unter Freunden, verändert sich, man spricht nicht über das Impfen, es bilden sich neue Solidaritäten, die der Geimpften untereinander und die der

Ungeimpften. Das ist mächtig, das kann man gar nicht verhindern. Sie glauben fest daran, sie treffen sich untereinander und glauben, sie seien geschützt, weil sie geimpft sind. Man hat es ihnen eingeredet. Ein Piks schützt dich und die anderen. Die Disziplinierung funktioniert selbstreferentiell, sie reproduziert sich selbst. Es ist verblüffend, wie sich die Menschen nun aufspalten und völlig neu gruppieren. Und es ist so schwer, miteinander zu sprechen, wenn man sich einmal für eine Seite entschieden hat.

Am achtundzwanzigste August ist der letzte Tag in der Ferienwohnung. Morgen, Sonntag, fahren wir wieder nach Hause. Es ist schwül, es hat leicht geregnet, der Himmel ist schwer wie die ganze Atmosphäre. Die bedrückende Stimmung dieses Augusts hat sich auf meine Laune niedergeschlagen, sie ist allerdings bei dieser Wetterlage immer am Boden. Die Meteorologen sprechen bei einem Tiefdruckgebiet meines Wissens von einer Depression, und wahrhaftig, ich kann es nachempfinden. Das Abendessen fällt kärglich aus, es geht darum, die Reste aufzubrauchen, der Kühlschrank sollte morgen am besten leer sein. Es ist zwanzig Uhr dreißig. Ich bring jetzt nur noch den Biomüll runter, ihr könnt schon das Spiel aufbauen (wir wollen ‚Die Siedler von Catan' spielen). In die Hausschuhe rein, die Treppe runter, einmal um die Ecke, am Ende der Stellplatzreihe stehen die Mülltonnen. Ich hebe den Deckel der grünen Tonne hoch, werfe den Beutel rein und drehe mich um. Das ist die letzte Erinnerung. Dunkelheit.

„Sogar ein Hirsch ist da, ganz wie im Wald,/ nur dass er einen Sattel trägt und drüber/ ein kleines blaues Mädchen aufgeschnallt./ Und auf dem Löwen reitet weiß ein Junge/ und hält sich mit der kleinen heißen Hand,/ dieweil der Löwe Zähne zeigt und Zunge./ Und dann und wann ein weißer Elefant."

Eigenartig, wenn der Mensch – zum Beispiel bei einer Narkose oder bei einer Ohnmacht – einmal vollkommen die Kontrolle verliert, wenn alle Muskelanspannung weicht, alle Selbstdisziplin schwindet, dann steigen Kindheitsbilder auf, Erinnerungen auch an Gefühle, an Ängste wie an Geborgenheit. Einen Moment lang vergisst man die

Gegenwart, das Bewusstsein scheint ausgesetzt, und das Unterbewusstsein scheint Karussell mit uns zu spielen. Und auf dem Löwen reitet weiß ein Junge/ und hält sich mit der kleinen heißen Hand,/ dieweil der Löwe Zähne zeigt und Zunge.

Ich spüre nichts, ich höre nichts, ich sehe nichts, aber etwas fühle ich doch. Es ist warm, es rinnt über meine Wangen, es ist klebrig, es ist mein Blut. Ich fühle mich unendlich schwer, spüre Betonpflaster unter meinen Händen, ich krabble auf allen Vieren … langsam, ganz langsam weiter, immer weiter, um die Hausecke, dann geradeaus, mein Körpergedächtnis kennt den Weg, wie ein Hund, und auf allen Vieren. Mein Körpergedächtnis weiß, dass hier rechts jetzt die Klingelplatte kommen muss und dass ich mich nur noch ein wenig hochziehen muss, um den Klingelknopf zu erreichen. Mein Körpergedächtnis weiß auch noch ganz genau, auf welchen der sechs Knöpfe meine rechte Hand drücken muss. Sie führt es aus. Dann wieder wird es dunkel.

-   Du meine Güte, was ist denn mit dir passiert?

Sie greifen mir unter die Arme. Wir bewegen uns zu dritt die Treppe hinauf, ich stütze mich auf meinen Sohn. Sie setzen mich auf einen Stuhl und waschen mein Gesicht und meine Hände ab.

- Was ist passiert?
- Ich weiß es nicht. Bin plötzlich bewusstlos geworden. Vielleicht hat mich jemand niedergeschlagen …

Noch nie in meinem Leben bin ich bewusstlos geworden. Es muss von außen gekommen sein. Doch wozu? Ich hatte nichts dabei außer dem Müllsack. Mein Gesicht ist blutverschmiert, Britta sagt, ich hätte eine klaffende Wunde am Scheitel. Sie rufen einen Krankenwagen. Ich spüre, dass auch der rechte Arm, genauer: die rechte Schulter, schmerzt. Das dürfte nichts Schlimmes sein, eine Prellung vielleicht, der Kopf ist die Hauptsache. Ich sitze und warte, und meine Kinder schauen mich mit entsetzten Augen an. Da höre ich auch schon Stimmen im Treppenhaus, seltsam, hab gar kein Klingeln gehört … Britta ist ihnen entgegengegangen, auf der Treppe, sie hat wohl auch die Tür geöffnet, sie tragen diese Rettungskleidung, haben einen schweren Koffer mit lauter Erste-Hilfe-Sachen dabei, mein Kopf schmerzt, ich kann nicht viel sagen. Können Sie alleine gehen? Ich nicke. Wir verlassen die Wohnung, jetzt spüre ich meine Schulter plötzlich mehr als den Kopf, draußen steht der Rettungswagen mit laufendem Blaulicht aber ohne Sirene, ich steige von hinten ein, setze mich auf einen vorbereiteten Sitz. „Ich bin nicht geimpft, ich hoffe, das macht Ihnen nichts aus." Sie schütteln den Kopf, sind nicht gerade gut gelaunt, ob es an mir liegt ... oder am Samstagabend? Keiner trägt die Maske korrekt, sie baumelt am Hals oder um den Mund, jedenfalls sitzt sie bei keinem von ihnen auf der Nase. Um halb zehn kommen wir im Krankenhaus an. Sie führen mich zu einem Warteraum. Inzwischen kommt auch meine Frau an, sie ist mit unserem Auto nachgekommen. Nach einer Weile taucht ein junger diensthabender Assistent auf, er stellt mir Fragen, notiert Schädelverletzung links, Platzwunde, Verdacht auf Gehirnerschütterung, Schulterverletzung rechte Seite, Verdacht auf Schlüsselbeinbruch ...

Röntgenaufnahmen. Zuerst der Kopf, dann die Schulter. „Versuchen Sie, dieses Gewicht zu halten." Ich soll eine Hantel hochheben. Der Schmerz ist sofort unerträglich. Die Röntgenassistentin schaut mich entsetzt an. „Loslassen. Nicht weitermachen."

Am Ende kommt der diensthabende Arzt, um die Wunde am Kopf zu versorgen.

- Eine leichte Gehirnerschütterung, aber eine tiefe Platzwunde. Ich würde sie nähen. Wenn Sie wollen, kann sie auch offenbleiben. Sie können selbst entscheiden. Wenn ich nähe, heilt sie besser.

Ich entscheide mich für das Nähen.

- Sie haben außerdem einen Schlüsselbeinbruch. Er scheint glatt zu sein, allerdings ziemlich nah am Schultergelenk. Wir können es konservativ versuchen, mit einer Claviculabandage. Das ist so eine Art Rucksack, der die Schulter leicht nach hinten zieht. Vier bis sechs Wochen sollten Sie sie tragen. Ich werde Sie für eine Nacht einweisen, sie bekommen ein Zimmer.
- Lieber nicht. Ich möchte gern nach Hause. Meine Frau wartet draußen, sie könnte mich wieder mitnehmen.

Ich bin dem jungen Mann sehr dankbar. Er macht kein Aufhebens, stellt keine überflüssigen Fragen, vernäht die

Wunde fachmännisch und entlässt mich nach Hause. Sie geben mir ein Schmerzmittel mit.

Die Nacht ist unangenehm, die Schmerzen nehmen zu. Was um alles in der Welt habe ich angestellt, dass mir das passiert ist? Immerhin hat es mir die Erfahrung gebracht, dass es auch noch Menschen gibt – Rettungssanitäter, Ärzte – die keine Fragen stellen, sondern einfach ihre Arbeit machen, so gut wie sie es können.

Ich finde keine andere Erklärung, jemand muss mich niedergeschlagen oder umgestoßen haben.

- Aber wer sollte hier in den Bergen, im Dorf, auf eine solche Idee kommen?
- Keine Ahnung. Hast du eine andere Erklärung? Wir müssen die Polizei informieren.

Am nächsten Tag kommt ein Streifenwagen vorbei, ein Polizist und eine Polizistin, und wir versuchen, den Hergang zu rekonstruieren. Wir kommen alle zu dem Schluss, die Sache mangels Beweisen nicht weiterzuverfolgen. Allmählich verstehe ich, dass ich wohl schlicht und ergreifend einen Kreislaufkollaps hatte.

Vielleicht Dehydration (ich weiß schon, ich trinke gewohnheitsmäßig viel zu wenig), der Kaffee, das schwüle Wetter ... Doch es steckt mehr dahinter, ich kann es den Beamten nicht sagen. Eine tiefe Enttäuschung, ja Verzweiflung.

Ein Warnschuss. Ich muss stark bleiben, jetzt nicht den Kopf hängen lassen. Eine Pause wird mir guttun, bin keine Maschine.

Ende September verletzt sich meine Mutter, fällt nachts aus dem Bett, Oberschenkelbruch. Sie wird ins Krankenhaus verlegt und operiert. Man stellt *en passant* einen weit fortgeschrittenen Krebs fest. Sie hatte zuvor keinerlei Symptome, der Krebs muss sich plötzlich und sprunghaft entwickelt haben. Ich habe meine eigenen Gedanken dazu. Doch die Zeit ist noch nicht reif für solche Gedanken. Ich behalte sie für mich und besuche meine Mutter im Krankenhaus. Mein Sohn fährt das Auto. Als wir getestet und maskiert das Krankenhaus und dann das Zimmer betreten, liegt ein kleiner weiß gekleideter Körper in einem großen weißen Bett, Schläuche und Kanülen überall, das erinnert mich an etwas, sowas habe ich schon einmal gesehen, der Körper schläft und atmet dabei, der Mund ist geöffnet, keine Reaktion. So verbringen wir eine Stunde bei ihr, ohne dass sie aufwacht, auch nicht, als eine Pflegerin eintritt und sie laut anspricht. Es bleibt dabei, heute werden wir nicht mehr kommunizieren können. Vielleicht niemals wieder.

Eine Woche später werde ich in Kenntnis gesetzt, dass es zu Ende geht. Ein, zwei Tage noch, höchstens. Das Auto ist in der Werkstatt, an diesem verregneten Montagmorgen fahren meine Frau und ich daher die Strecke in einem funkelnagelneuen Mietwagen bis zum Ziel, zum Pflegeheim, wohin man sie wieder gebracht hat, in ihr vertrautes Zimmer, das auch mir vertraut ist, zum Glück gibt es noch vertraute Dinge in dieser wenig vertrauenswürdigen Zeit. Wiederum getestet und maskiert, betreten wir das Pflegeheim, sind dann allein mit ihr und nehmen die Masken ab. Es ist wie ein Wunder, sie ist wach (ist sie bei Bewusstsein?), sie erkennt mich, sie erhebt ihre Arme, ich ergreife ihre Hand, sie wendet den Kopf zu mir und sieht in meine Augen, minutenlang. Ein Lächeln zieht sich über dieses sterbende Antlitz. Ein Abschied ohne Worte. Nach einer halben Stunde erschlafft sie und versinkt wieder in eine andere Welt. Wir fahren in unserem funkelnagelneuen Mietwagen zurück nach Hause.

Am nächsten Tag stirbt sie.

Die Beerdigung ist eine Woche später. Es ist plötzlich kalt geworden, ein kalter Wind weht auf dem kleinen Dorffriedhof. Ellenbogen und Faustcheck unter Geschwistern und Kindern. Abschiedsworte des Pfarrers. Nach ihr werden ihre Kinder gehen, also wir … irgendwann. Das abschließende Zusammensein im Gasthaus bleibt uns Ungeimpften verwehrt. Wir fahren nach Hause.

6

Die Geschichte sieht zunächst nicht gut aus. Den Straßenkindern wird zwar geholfen, der ältere Mann, ein ehemaliger Dirigent, stellt tatsächlich eine Musikschule für sie auf die Beine, wo er ihnen hilft, ein Instrument zu lernen. Saturnino, Luzia und Patte-Folle finden einen Sinn in diesem Leben und dieser Stadt, während ringsherum das Chaos ausbricht. Nach schier endlosen Regenfällen geht die Bevölkerung auf die Straße, Unruhen brechen aus. Als der Staatspräsident, ein früherer Freund des Dirigenten, zu einem Konzert in die Musikschule kommt, stürmt die aufgebrachte Bevölkerung das Gebäude und brennt alles nieder. Auch Patte-Folle kommt ums Leben. Doch der vom Maestro gesäte Samen geht auf, die Geschichte hat ein happy end: Die Straßenkinder machen weiter Musik, auch wenn sich ihre Wege trennen werden. Saturnino und Luzia gelingt der Weg nach oben.

Trotz zahlreicher denkbarer Varianten hat das ‚Einfrieren' von Erzählhandlungen im literaturbasierten Unterricht immer eine zweifache didaktische Funktion, nämlich die einer Gestaltungsleistung und die einer Analyseleistung. Das Standbild als Unterrichtsmethode weist somit Parallelen zum Standbild in der rekonstruktiven Bild- und Videoanalyse auf. Beide werden zum Zwecke einer Interpretation hergestellt: Das Standbild im Schulunterricht wird von der Lehrperson als Aufgabe vorgegeben und von den Schülern realisiert, um einen Unterrichtsgegenstand zu rekonstruieren und die Rekonstruktion anschließend zu deuten; das Standbild wird in der rekonstruktiven Unterrichtsforschung vom Forschenden hergestellt, um die Simultaneität von Handlungen in einer Unterrichtszene zu rekonstruieren. In beiden Fällen handelt es sich also um eine rekonstruktive Leistung.

Une situation très difficile. Eine sehr schwierige Situation.

Der Bildausschnitt zeigt eine stehende und eine sitzende Gruppe älterer Jugendlicher beiderlei Geschlechts sowie eine Frau mittleren Alters inmitten der stehenden Gruppe. Vier junge Frauen dieser Gruppe stehen rechts, ein junger Mann und eine junge Frau links, ein weiterer junger Mann steht rückwärts zum Betrachter genau in der Bildmitte. Er hält seinen linken Arm gerade nach vorn oben ausgestreckt in Richtung eines vorn links neben ihm stehenden jungen Mannes und einen länglichen Gegenstand in der Hand, trägt eine Jacke über einem Kapuzenpulli und verdeckt mit seinem Körper eine der vier Frauen auf der rechten Seite. Sie trägt erkennbar ein Kopftuch und ist dunkel gekleidet. Zwei weitere junge Frauen dieser Gruppe haben die Arme gesenkt und schauen in Richtung der älteren Person, beide sind dunkel gekleidet, eine trägt ein Kopftuch. Die vierte junge Frau blickt sie ebenfalls an, hält aber die Arme vor dem Bauch verschränkt. Sie ist hell gekleidet.

Die Sequenz befindet sich in der Mitte der zweiten Stunde der Doppelstunde. Am Ende der ersten Stunde wurde ein Tafelanschrieb gemeinsam erarbeitet, der die beiden Welten, in denen sich die Kinder der Erzählhandlung bewegen, gegenüberstellt: die Welt der Straße und die Welt der Musikschule. Frau M. beginnt ihre neuerliche Erzählung mit einer kurzen Zusammenfassung der Situation, bevor sie das fragend-entwickelnde Verfahren zur inhaltlichen Texterarbeitung fortsetzt. Sie hält in Kapitel siebzehn bei Seite einundfünfzig inne. Die Textstelle markiert das

Zusammentreffen des Polizisten mit Saturnino, Luzia und Patte-Folle auf dem Markt. Frau M. erteilt zunächst wieder den Auftrag, die Textstelle vorzulesen, beschließt dann aber, abweichend von ihrem bisherigen Unterrichtsskript, die Szene von den Schülern als Standbild darstellen zu lassen. Die Bildschirmfotos zeigen eine Szene des von den Schülern gestellten Standbilds.

Bradley wird von Frau M. angewiesen, eine Drohgebärde mit einem Revolver aufzuführen. Sie stellt Fragen an die Gruppe der vier Schülerinnen, die weitere Polizisten darstellen, während die sitzenden Schüler sowie die beiden Schüler, die Saturnino und Luzia darstellen, Frau M.s Handlungen verfolgen.

Esra, Jovana, Leila und Azra haben nun ihre Position als Polizisten eingenommen. Esra hat dabei eine sehr aufrechte und strenge Haltung, den rechten Arm in die rechte Hüfte gestemmt. Der linke Arm verstärkt diese Haltung, indem er eng an den Körper gelegt die rechte Hand erfasst und dadurch zusätzlich zum strengen Blick von oben nach unten die Kraft der Arme ins Spiel bringt. Jovana imitiert mit beiden Händen die aus Filmen bekannte Geste des Revolverhaltens. Leila und Azra hingegen gestalten die

Szene ohne sprechende Gebärde, eher aus einer beobachtenden Haltung, Leila mit auf dem Rücken und Azra mit vor der Brust verschränkten Armen. Azra setzt sich räumlich etwas von den anderen ab.

Bradley ist in seiner Rolle als *macaco* auf dem Weg nach vorne zum Pult, wo bereits Mehmed als Saturnino steht. Er wird in Kürze von Frau M. den Rotstift übernehmen, der ihm als Revolverattrappe dienen soll. Leila und Jovana ahmen, durch Arm- und Handgebärden Frau M.s Anweisung folgend (*qu'est qu'on fait quand on a peur?* Was macht man, wenn man Angst hat?), das Zittern vor Angst nach.

Vom Standpunkt der hinteren Kamera aus zeigt sich die Zentriertheit aller Darsteller auf Frau M. Sie befindet sich im Zentrum der Fluchtachsen der Kleingruppe Saturninos und seiner Schwester wie auch der Gruppe der Polizisten. Die sitzenden Mitschüler verlängern die Fluchtachsen. Eine Fluchtachse wird durch Frau M.s linken Unterarm und Mehmeds rechten Arm konstituiert, eine weitere durch Mehmed, seine ‚Schwester' und das links sitzende Publikum. Die Fluchtpunkte liegen am rechten oberen Bildrand. Eine gegenläufige Fluchtachse deutet Frau M.s linker Oberarm mit ihrem rechten Unterarm und Bradleys linker Arm an, deren Fluchtpunkt am linken oberen Bildrand liegt. Die hintere Kamera stellt somit eine Sicht auf Frau M. als vernetztes Handlungszentrum her.

Die szenische Choreografie bezieht die Gebärden und Blickrichtungen mit ein. Auch hier fällt die Zentriertheit auf Frau M. ins Auge. Gleichzeitig zeigt sich ein Kontrast zwischen der abgebildeten Erzählsituation und der Leistung der abbildenden Akteure. Während die Erzählsituation von hoher Anspannung und Dramatik gekennzeichnet ist, stehen die abbildenden Akteure in einer lockeren und unbeteiligten Haltung. Saturnino hält die rechte Hand entspannt an der Hosentasche, seine Schwester die Arme vor dem Bauch und die Beine ebenfalls gekreuzt; in derselben entspannten, aber gleichzeitig sich abschirmenden Haltung befindet sich einer der beiden Polizisten (Azra). Allein Bradley, der den linken Arm in einer Drohgeste hält, sowie die Erzählerin, Frau M., die eine Zeigegeste ausführt, zeigen in diesem Moment eine spannungsvollere Gebärdensprache, was wiederum Frau M. als Handlungszentrum und Bradley als deiktisches Zentrum des Standbildes ausweist.

Die Bodycam lässt erkennen, wie sich Bradley als finster blickender *macaco* inszeniert, der sich lässig, aber bedrohlich auf Saturnino zubewegt. Esra nimmt die Rolle als strenger, Autorität heischender Polizist ein, während die anderen drei *policiers* weniger die ihnen zugedachte Rolle als vielmehr die Schülerrolle einnehmen. Die Schülerin, die Saturninos Schwester Luzia spielt, und der rechts in der Dreiergruppe stehende ,Polizist' (Azra) schirmen sich symbolisch gegen Blicke aus dem Publikum durch Armverschränken vor Brust und Bauch ab.

Esra stützt sich in sehr aufrechter Körperhaltung auf das rechte Bein und hält den rechten Arm angewinkelt in der Hüfte. Sie stellt damit eine Pose strenger Autorität her, die noch durch den Blick von oben nach unten in Richtung Frau M.s unterstrichen wird. Der linke Arm vollendet mit dem rechten Arm durch die Verbindung der Hände ein Rechteck, das die Autorität heischende Pose unterstützt. Ihr dunkles Kleid fällt in glatten Falten und verlängert bzw. verstärkt dadurch die aufrechte Haltung. Das graue Kopftuch gibt ein glattes gerundetes Gesicht frei, das durch die Mundschließung und eine leichte Grübchenbildung einen Eindruck von Macht und Überlegenheit erzeugt. Ihre Ausdruck steht damit im Kontrast zu Jovana, Leila und Azra.

Jovana nimmt allerdings ebenfalls eine Pose ein, indem sie die aus Filmen bekannte Gebärde des Revolverhaltens ausführt. Sie imitiert mit den beiden aneinandergepressten Zeigefingern den Lauf eines Revolvers.

Esra steht am linken Rand im Vordergrund des Körperkamerabildes, wodurch eine nach rechts fliehende Perspektivik entsteht. Die rechts von ihr stehenden drei ‚Polizisten' befinden sich mit Ausnahme der ebenfalls das Kopftuch tragenden Leila nicht in einer Haltung der Autorität. Jovana und Azra blicken sich an und lachen über einen Scherz Frau M.s, Leila hat die Hände auf dem Rücken verschränkt und scheint dem Scherz zu folgen. Der Scherz wird auch von den sitzenden Schülern aufgegriffen. Jovana spielt eher mit der Revolvergeste, statt damit zu posieren.

Im Bildvordergrund ist die Wohlgeordnetheit der Dinge auf Frau M.s Tisch zu erkennen. Alles hat seinen (zugewiesenen) Platz.

Bradleys Körpersprache drückt Spannung und Entspannung zugleich aus. Die Spannung zeigt sich vor allem in der geduckten Haltung, dem nach vorne geneigten Kopf und dem dadurch bedingten Blick von unten nach oben. Entspannung signalisieren die hängenden Arme und

Schultern sowie die in die Hosentaschen gesteckten Fingerspitzen. Bradley hat die Rolle des brutalen *macaco*, er bewegt sich nun schlendernd nach vorne zu Saturnino (Mehmed) und zu Frau M. Diese hält bereits den Rotstift in ihren Händen, den sie einen Moment später Bradley als Revolver-Attrappe reicht. Das Standbild der Körperkamera stellt im Vordergrund Frau M.s Hände und den Rotstift ins Zentrum, im Hintergrund Bradley als *macaco*. Die Feingliedrigkeit der Fingerhaltung kontrastiert mit der Grobheit der *macaco*-Pose, enaktiert gleichzeitig jedoch Frau M.s Zentriertheit und ihre Regisseurrolle. Ihre Hände und Finger übersetzen sozusagen ihre Verbalanweisungen ins Körperliche. Die Teetasse, die Lektüre und Papiere befinden sich wohlgeordnet auf Frau M.s Tisch und stehen bereit, um jederzeit wieder als Aktanten ins Spiel gebracht zu werden. Die Blicke aller Schüler mit Ausnahme Mehmeds sind auf sie gerichtet. Mehmeds rechte Hand deckt sein Gesicht ab, während er den Kopf in Richtung Bradley nach rechts neigt.

Leila und Jovana führen gestisch auf Frau M.s Frage hin (*quand on a peur, qu'est qu'on fait quand on a peur?* Wenn man Angst hat, was macht man da?) die erwartete Antwort auf. Leila prescht dabei vor und begleitet ihre Gestik mit *On fait comme ça* (so macht man). Jovana scheint sich mitreißen zu lassen, denn sie schaut Bestätigung suchend in Richtung Leilas, während sie ebenfalls lachend die Gebärde des Zitterns ausführt. Die beiden lachen und signalisieren damit die Auflösung einer Anspannung. Die Anspannung entstand aus dem Rätselraten heraus, das durch Frau M.s Scheinfragen provoziert wird. Die erlösende Antwort lautet *trembler* (zittern), die aber nicht verbal geäußert wird, möglicherweise, weil dieses Verb nicht zum aktiv verfügbaren Wortschatz der Dreiergruppe gehört. Folglich führen sie nur die passende Gebärde und die von Frau M. eingeforderte marionettenhafte Reaktion aus. Azra bleibt in einer distanzierten Haltung, sie lässt ihre Arme in verschränkter Haltung vor der Brust und deutet damit eine Divergenz an.

Es kommt zu immer mehr marionettenhaften Reaktionen. Wie von einer unsichtbaren Hand bewegt, treten Akteure auf den Plan und überbieten sich verbal. „Pandemie der Ungeimpften", „Tyrannei der Ungeimpften". Die Formulierung „Pandemie der Ungeimpften" lässt zwei Deutungen zu, dass die Pandemie entweder nur Ungeimpfte beträfe, das heißt, alle anderen seien sicher und geschützt, oder dass es nur deshalb eine Pandemie gäbe, weil sich viele nicht impfen ließen. Noch kruder ist die Formulierung „Tyrannei der Ungeimpften". Sie suggeriert eine koordiniert ausgeübte Willkürherrschaft der Ungeimpften über die Geimpften. Ich beschäftige mich ein wenig mit der Feindbildtheorie, offenbar dient dieses Schwarz-Weiß-Denken bestimmten Interessen, es ebnet alle anderen sozialen Unterschiede ein und reduziert den Feind auf ein einziges Merkmal. Warum eskaliert die Sache im Herbst einundzwanzig derart? Immerhin sind etwa achtzig Prozent aller Erwachsenen geimpft, das sollte nach der Theorie der „Herdenimmunität" eigentlich reichen. Was haben wir euch getan? Ihr wisst doch seit Monaten, dass ihr das Virus genauso weitergebt wie wir, dass die Impfung das nicht verhindert. Doch die öffentliche Hysterie ist nicht mehr zu bremsen, der Mob ist losgelassen, die Choreografie wird immer perfekter: Konkrete Maßnahmen deuten nun auf kompromissloses Vorgehen hin, auf den Showdown. Bald fehlt nur noch, dass wir uns als Ungeimpfte in der Öffentlichkeit sichtbar kennzeichnen müssen. In Österreich wird die Impfpflicht angeordnet und in Deutschland das Ende der kostenlosen Schnelltests per Ende November verkündet. Mein Sohn steht mitten im Studium und ist kurz davor, sich impfen zu lassen. Als ich ihm verspreche, die Kosten für die Tests zu übernehmen, hält er durch. Die Allerheiligenwoche verbringen wir wieder in unserer Ferienwohnung.

Wir spazieren durch Oberstdorf, es sind die letzten warmen Tage, die Terrassen der Cafés sind voll, die Menschen entspannen noch einmal. Wir stehen in einer wenig belebten Seitenstraße vor einer großen Terrasse, deren Zugang vom Personal kontrolliert wird. Als ein Tisch nahe dem Eingang frei wird, frage ich von draußen eine Bedienung, ob wir uns auch ohne Impfung und gültigen Testnachweis an diesen Tisch setzen dürfen. Ich spreche leise, um kein Aufsehen zu erregen, ich möchte das Personal nicht in Bedrängnis bringen. Die Bedienung hat mit den Bestellungen gerade alle Hände voll zu tun, sie schaut sich vorsichtig um, nickt beiläufig, von ihr aus kein Problem, wenn wir uns ganz am Rand aufhalten, direkt neben dem Eingang. Doch eine sichtlich sehr beleibte Frau in der Mitte der Terrasse, die sich mit einer anderen Dame zu Kaffee und Kuchen getroffen und offenbar alles genauestens beobachtet hat, interveniert lauthals, ja sie kreischt geradezu über die gesamte Terrasse hinweg: „Ich habe mich viermal impfen lassen, und diese Ungeimpften da wollen hier einen

Tisch haben. Das kommt gar nicht in Frage." Alles dreht sich nach der Kreischenden um, alle Blick sind auf sie gerichtet, dann auf uns. Die Bedienung sieht uns hilflos an, zuckt mit den Schultern: „Tut mir leid. Dann geht's eben nicht." Auch das bekommen alle Gäste mit. Einen Moment lang ist es still, die Gespräche verstummen. Dann erhebt sich ein Paar, das allein an einem Vierertisch sitzt: „Sie können hier sitzen. Wir wollten sowieso gerade gehen." An einem anderen Tisch erhebt sich eine ganze Gruppe und signalisiert der Bedienung, dass ihr Tisch jetzt auch frei ist. Ein dritter Tisch erhebt sich, die Leute wollen zahlen und winken uns zu sich. Spöttisch blicken sie in Richtung der beleibten Dame, die uns zuvor den Zutritt verwehren wollte. Mit hochrotem Kopf und sichtlich verärgert, lässt sie die Rechnung kommen, während wir uns nach allen Seiten dankend an einen der freien Tische setzen. Man bedient uns unauffällig und freundlich, wie alle anderen. Noch nie hat mir ein Cappuccino so gut geschmeckt.

Durch Mundpropaganda bei der Frisörin erfährt Britta, dass in Sonthofen abends regelmäßig Proteste gegen die Corona-Maßnahmen stattfinden. Sie erfährt auch den nächsten Termin und den Treffpunkt, und wir beschließen spontan, teilzunehmen. Als wir zehn Minuten vor Beginn am geplanten Treffpunkt erscheinen, sind wir enttäuscht. Gerade mal eine Handvoll Personen, es könnten auch zufällige Passanten sein, wenn es etwas früher wäre. Doch die Geschäfte haben schon geschlossen. So gesellen wir uns zu ihnen und fragen vorsichtig, ob wir hier richtig sind. Man nickt uns zu. Als es zwanzig Uhr schlägt, hat sich der Platz urplötzlich gefüllt, Punktlandung, so als hätten alle versteckt mit dem Chronometer in der Hand in irgendeinem Hauseingang darauf gewartet, um Schlag acht loszumarschieren. Der Zug setzt sich schweigend und mit Kerzen in Bewegung. Auch wir haben Kerzen mitgebracht. Es sind viele, und es werden immer mehr. Ein fröhlicher Lindwurm zieht sich durch die Straßen der Stadt, ein paar Organisatoren halten das Ganze zusammen. Nach einer Stunde löst sich der Marsch wieder auf, und es bleiben kleinere Gruppen von Teilnehmern, die miteinander reden. Auch wir sind unversehens einbezogen und tauschen uns mit Einheimischen aus. Sie kommen aus Sonthofen und aus den Dörfern der Umgebung, sie lehnen die Impfung ab, sie haben Netzwerke gebildet, sie kommunizieren in WhatsApp- und Telegram-Gruppen. Wir schließen uns einer solchen Gruppe an, fassen Mut und neue Hoffnung. Ist es vielleicht diese subversive Nichtunterwerfung, die die Regierung so sehr herausfordert? Sind es diese Kinder, die sich untereinander zuflüstern: Der Kaiser hat ja gar keine Kleider an, der Kaiser ist nackt?

Am dreizehnten November beschließt die Regierung wieder Kostenfreiheit für Schnelltests. Haben wir die Talsohle erreicht? Noch im November kommt die Nachricht aus Südafrika, dass Omikron eine stark abgeschwächte Variante darstellt und keine schweren Verläufe mehr verursacht. Warum jetzt überhaupt noch impfen?

Meine zweite Corona- Infektion verläuft genau wie die erste. Nur dass ich ich diesmal einen Kardinalfehler begehe: Nach fünf Tagen jogge ich schon wieder … und bekomme einen schweren Rückfall. Weihnachten im Bett, völlig kraftlos. Das Jahr geht zu Ende. Doch das neue Jahr wird das Ende aller Maßnahmen bringen.

„Und auf den Pferden kommen sie vorüber,/ auch Mädchen, helle, diesem Pferdesprunge/ fast schon entwachsen; mitten in dem Schwunge/ schauen sie auf, irgendwohin, herüber – /Und dann und wann ein weißer Elefant.

Und das geht hin und eilt sich, dass es endet,/ und kreist und dreht sich nur und hat kein Ziel./ Ein Rot, ein Grün, ein Grau vorbeigesendet,/ ein kleines kaum begonnenes Profil -. /Und manchesmal ein Lächeln, hergewendet,/ ein seliges, das blendet und verschwendet/ an dieses atemlose blinde Spiel …"

Epilog

Projektende ist im Sommer zweiundzwanzig. Im Winter haben wir mit der Typenbildung begonnen, im Frühjahr schließen wir die Analysen ab. Das ist knapp kalkuliert. Da unsere Daten vor der Pandemie erhoben wurden, stellen wir einen Antrag auf Projektverlängerung, um zusätzliche nachpandemische Daten zu erheben und vergleichen zu können. Dies wiederum wird uns die erforderliche Zeit für die Finalisierung der Typenbildung verschaffen. Die Verlängerung wird gewährt, allerdings zeigen die nachpandemischen Daten, dass sich am Unterrichtsalltag durch die Pandemie nichts geändert hat.

Nicht alle können akzeptieren, dass die Pandemie mit Omikron zum Ende kommt … Und ja, die Manie mit der Maske. Nicht wenige werden sie weiter tragen, überall, selbst im Auto allein, selbst auf dem Fahrrad, selbst beim Spaziergang im Park. Aber das wächst sich wieder aus. Und irgendwann einmal wird man vergessen haben, dass man sich, damals, in einem einzigen Jahr drei- oder viermal hat impfen lassen ... oder dass man sich überhaupt nicht hat impfen lassen. Man wird sich wieder die Hände reichen und man wird sich wieder umarmen.

Auch Behörden und manche Wissenschaftler wurden instrumentalisiert und haben ihre Unschuld verloren. Doch was soll's. Wir haben es geschafft, wir sind ohne die Impfung durchgekommen. Für meinen Teil jedenfalls möchte ich den Opfererzählungen nicht noch eine weitere hinzufügen. Manchmal kommt es mir sogar vor, als sei alles nur eine große Simulation gewesen. Wie ein gut gemachter Hollywoodfilm. Oder wie eine endlos lange, quälende Unterrichtsstunde.